음악과 생명

音楽と生命

음악과 생명

音楽と生命

류이치 사카모토
후쿠오카 신이치

坂本龍一
福岡伸一

은행나무

차례

세상을 어떻게 써내려갈 것인가
— 책을 펴내며

PART 1. 파크 애비뉴 아모리에서
파괴에서 탄생하는 — 음악과 생명의 공통점

PART 2. 록펠러대학교에서
원환圓環하는 음악, 순환循環하는 생명

Extra Edition
팬데믹이 우리에게 던진 질문

책을 펴내며

세상을 어떻게 써내려갈 것인가

일러두기
옮긴이 주는 괄호 안에 글씨 크기를 줄여 표기했으며,
'옮긴이'라는 표기가 없는 경우 저자 주입니다.

한 방향으로 나아가는 시간 속에서
—사카모토 류이치

후쿠오카 씨와의 대화는 무척 즐겁습니다. 저는 그저 일방적으로 자극을 받는 입장이지만요. 후쿠오카 씨가 과학자인 동시에 음악과 예술, 철학에도 깊은 지식과 이해를 지닌 분이셔서 더욱 그렇겠죠.

신기하게도 저희가 대화를 나누면 그 끝은 항상 하나의 이야기로 수렴됩니다. 바로 로고스logos와 피시스physis의 대립이라는 주제죠. 간단히 말하면 로고스는 인간의 사고방식, 언어, 논리 등을 뜻하고 피시스는 우리 존재를 포함한 자연 그 자체를 가리킵니다.

인간은 오랜 시간 자연이란 무엇인가, 인간이란 무엇인가, 나는 무엇인가에 대해 고찰해왔고 근대과학이 발전한 후에는 그 고민을 토대로 나름의 성과도 이뤘습니다. 현대를 사는 우리 역시 그 수혜 속에 있습니다만, 곰곰이 생각해보면 아무래도 자연 그 자체와 인간이 생각하는 바는 일치하지 않는 것 같습니다.

아무리 과학이 철저하게 객관적 진실을 지향한다 해도, 궁극적으로는 인간의 뇌가 지닌 인식의 조건으로부터 자유로울 수 없을 것이라는 생각이 듭니다. 웍스퀼이 말했듯 생물에게는 그들 각각의 세계가 있습니다. 인간에게는 인간이 인식할 수 있는 세계가, 진드기에게는 진드기가 인식하는 세계가 있는 것이죠. 인간과 진드기가 같은 세계를 인식한다고는 볼 수 없습니다.

이렇듯 생물로서 지니는 존재적 조건은 뛰어넘을 수 없는 것 아닐까요. 가령 시간이 인간의 뇌가 만들어낸 숫자, 법칙에 지나지 않는다 해도 그 질곡에서 벗어날 방법은 없을 것입니다. '시간은 존재하지 않는다'라고 주장한들 어찌 됐든 시간의 화살은 한 방향으로 나아가니까요.

피시스(자연)의 풍요로움을 회복하다
─ 후쿠오카 신이치

사카모토 씨와의 만남은 어느 날엔 우박이 내리는 뉴욕의 오래된 레스토랑에서, 또 어느 날엔 안개에 휩싸인 오슬로의 호텔 라운지에서, 때로는 도쿄의 바에서 이래저래 20년 가까이 이어져왔습니다. 배경이 전혀 다른 우리 두 사람의 대화는 앞에서 사카모토 씨가 말씀하셨듯, 신기하게도 매번 같은 지점에 도달하더군요. 바로 피시스와 로고스의 상극. 그것은 두 사람의 인식의 여정('세상을 어떻게 써내려갈 것인가'라는 물음)이 비슷한 궤적을 그려왔기 때문일지도 모릅니다.

저는 원래 파브르와 닥터 두리틀(소설《닥터 두리틀Doctor Dolittle》의 주인공으로, 동물과 말하는 능력을 지녔다-옮긴이)을 동경해 피시스의 노래에 귀를 기울였고, 피시스의 정묘함에 자

극을 받아 생물학자를 꿈꾸었음에도 언제부터인가 실험
용 동물을 죽이고, 세포를 짓뭉개고, 유전자를 조작하는 일
에 매진해왔습니다. 조작적으로 생명을 다루고 요소환원주
의要素還元主義(사물을 요소로 분해하면 그 각각의 요소가 단순한 원리
로 작동할 것이라 간주하고, 이를 따지면 무엇이든 밝혀낼 수 있다고 여기
는 사고법―옮긴이)적으로 생명을 분석했죠. 생물生物학이 아닌
사물死物학을 탐구하고자 했습니다. 그렇게 게놈은 매핑되
고 유전자에는 등급이 매겨져 모든 것이 정보로서 데이터
베이스화되었습니다. 다시 말해, 생명을 완전히 로고스화
한 것이죠. 그러나 그때부터 시간은 멈추고, 동적인 생명은
상실되었습니다. 피시스라는 자연의 본체는 어딘가로 스르
륵 빠져나가 버렸죠. 어리석게도 그 사실을 깨달은 것은 한
참이나 나중의 일이었습니다. 저는 생명을 '동적평형動的平
衡'으로서 다시 파악하고자 재출발하기로 했습니다.

그럼 사카모토 씨의 궤적은 어땠을까요. 그는 예술대
학교에서 정밀한 음악 이론을 익힌 작곡가로서 전자음악
으로 한 시대를 풍미했습니다. 음표를 알고리즘으로 만들
고 소리를 완전히 디지털화했죠. 한마디로, 음악의 로고스

화에 성공한 것입니다. 한편으로는 팝 음악을 작곡하고 영화 음악으로 아카데미상을 거머쥐며 선율이 돋보이는 멜랑콜릭한 다수의 명곡을 탄생시켰고요. 그 후 자기 모방을 경계하면서 유리와 금속의 노이즈를 모으고 마른 나뭇잎에서 자연의 소리를 채집해 일회성의 안개 속에서 불협화음과 어긋남을 표현하는 비동조非同調 음악을 추구하기 시작했습니다. 그것은 왜일까요. 아마도 로고스가(즉, 우리의 뇌가) 기술하는 세상이 피시스를 왜곡하여 피시스의 희미한 떨림을 사상捨象(유의해야 할 현상적 특징 외의 다른 성질을 버리는 일 – 옮긴이)한 것임을 깨달았기 때문이 아닐까요. 그러나 이는 역설적으로 로고스의 정상에 올라본 자만이 볼 수 있는 풍경이었을 겁니다.

사카모토 씨가 말했듯, 우리는 인간의 움벨트umwelt(환세계環世界, '환경 혹은 주변 세계'를 말한다. 학계에서는 주로 '인간이 주관적으로 인식하는 세계'라는 뜻으로 쓰인다 – 옮긴이)로부터 결코 자유로울 수 없습니다. 피시스를 어떻게든 다른 식으로 기술하려 시도하는 순간, 이미 피시스는 로고스화되고 마니까요. 이 질곡에서 벗어나는 것은 불가능합니다. 사카모토 씨의 〈async〉(2017년에 발매한 사카모토 류이치의 앨범으로, 그가 채집한 "노이즈"와 "자연의 소리"를 담은 음악이 수록되어 있다-옮긴이)도, 저의 '동적평형'도 한 차례 언어화되고 나면 결국 로고스일 뿐이죠. 그러나 과연 이런 우리의 노력이 그저 소용없는 시시포스의 형벌이었을까요. 저는 그렇지 않다고 믿고 싶습니다. 피시스(자연)를 최대한 본연의 모습에 가깝게 서술할 새로운 로고스(언어), 보다 해상도 높은 표현의 추구를 포기하지 않는 태도. 바로 이를 위해 음악과 과학, 미술과 철학이 존재합니다. 문화와 사상의 다양성이 존재합니다.

이는 생명이 끝내 '엔트로피 증가 법칙'에 무너져버린다는 사실, 즉 한 방향으로 나아가는 시간의 화살을 멈출 수는 없다는 사실을 알면서도 끊임없이 솔선수범해 스스로를 파괴하고 다시 만들어가는, 언뜻 시시포스의 형벌처럼 보이는 행위를 구태여 거듭하는 일과도 닮아 있습니다. 삶이란 그런 것이니까요.

공교롭게도 세상은 점점 더 깊은 혼돈에 빠져들고 있습니다. 지진 재해, 기후변화, 팬데믹, 전쟁, 새로운 동서 분단….

이 책은 사카모토 씨가 연주하는 음악에 이끌려 가며 인공지능 만능론, 관리사회 등 로고스에 지나치게 편중된 세상의 폐해에 관심을 두고 피시스의 풍요로움을 회복하기 위한 새로운 사상을 추구했던 대화의 기록입니다.

PART 1. 파크 애비뉴 아모리에서

파괴에서 탄생하는— 음악과 생명의 공통점

산에 오르지 않으면 그 너머의 산을 볼 수 없다

사카모토 둘 다 뉴욕에 거점을 두고 있는 터라 후쿠오카 씨와는 두세 달에 한 번씩 만나고 있어요. 식사를 하면서 "요즘은 무슨 연구를 하세요?", "어떤 책을 쓰고 계시나요?" 같은 근황 얘기를 하다 보면 눈 깜짝할 새에 네 시간 정도가 훌쩍 지나가버리는데, 서로 관심 있는 분야가 너무 비슷해서 신기할 정도예요. 가끔은 제가 풍월로 들은 생물학 지식으로 이런저런 얘기를 꺼내기도 하고요. 언제든 무척 재미있게 대화할 수 있죠.

후쿠오카 음악과 생물학이라는 분야는 서로 다르지만 목표하는 지점이라고 할까, 보고 있는 비전은 같다는 느낌이 들어요.

사카모토 씨의 화려한 경력과 제 커리어를 나란히 두

려니 염치없지만, 사카모토 씨는 '음악이란 무엇인가', 저는 '생명이란 무엇인가'라는 주제를 각자의 생업으로 탐구하고 있죠. 음악이라는 예술과 생물학이라는 과학은 굉장히 달라 보이지만, '대체 이 세상은 어떻게 이루어져 있는가'를 파악하려 한다는 점에서는 공통된 부분이 있습니다.

사카모토 맞습니다.

사실 과학자인 후쿠오카 씨와 저 사이에는 다른 점도 꽤 많아요. 예컨대 후쿠오카 씨는 논문을 쓰는 데 익숙해서 말씀하실 때도 항상 서론, 본론, 결론이라는 흐름을 미리 설계하시거든요. 주제에 따라서는 메모를 적어 오실 때도 있고요. 저로서는 그야말로 호사스러운 개인 수업을 듣는 셈이죠.

그에 반해 저는 그야말로 '랜덤'한 성격이라 그때그때 떠오르는 생각만으로 살아온 사람입니다. 방금 '화려한 경력'이라고 말씀하셨는데, 사실 일직선의 시간적 흐름에 따라 그려진 아름다운 궤적도 아닐뿐더러, 만드는 앨범도 매번 크게 바뀌어요. 싫증을 잘 낸다고 할까, 변하고 싶어서 이전과는 다른 것을 하다 보니 지금에 이른 것이죠. 생각나는 대로 이쪽으로 갔다, 저쪽으로 갔다 하면서… 무의식으로 쓴 자동서기automatic writing처럼요.

바꿔 말하면, 어떤 목적지를 향해 나아간다기보다 목적지가 어딘지도 모르면서 그저 걷는 걸 즐기는 감각이에요. 제가 만든 음악에도 이런 면이 반영되어 있겠죠. 조각가가 점토를 빚고 돌을 깎는 것과 마찬가지로 스스로 발견한 수많은 소재를 '이거 괜찮은데' 하는 느낌으로 만지다 보면 뭔지 모를 **무언가**가 만들어질 뿐입니다.

성격이 이토록 다른데도 후쿠오카 씨와의 대화가 늘 흥미로운 이유는 역시 말씀하신 것처럼 큰 의문을 공유하고 있기 때문이라고 생각합니다. 게다가 그것이 서로에게 상당히 중요한, 본질적인 부분일 때가 많고요.

후쿠오카 사카모토 씨가 '일직선으로 온 것은 아니다'라고 말씀하신 것을 듣고 이마니시 긴지今西錦司를 떠올렸습니다. 저명한 생물학자인데 산을 아주 좋아해서 평생 1,500개 이상의 산을 올랐던 분이죠.

"왜 산에 오르는가"라는 물음에 대한 답 중에 "거기에 산이 있으니까"라는 유명한 말이 있잖아요. 최초로 에베레스트 등반에 도전한 등산가 조지 말로리가 했던 말이죠. 이마니시 긴지는 또 다른 독특한 답을 남겼는데요. 그는 "산에 오르면 그 정상에서만 보이는 풍경이 있고 그곳에서는 그 너머의 다음 산이 보인다. 그러면 또 그 산에 오르고 싶어지니 나는 이 일을 반복하며 직선이 아닌 지그재그로 전진해온 것이다"라고 말했습니다.

사카모토　산 위를 지그재그로요? 이마니시 선생님이 그런 말씀을 하셨군요.

후쿠오카　그렇습니다.
이마니시 긴지가 남긴 이 말의 포인트는 그곳에 가보지 않고서는 볼 수 없는 풍경이 있다는 것입니다. 음악을 탐구해온 사카모토 씨와 생명을 탐구해온 저 역시 이런저런 프로세스를 거쳐 어떤 곳에 이르렀을 때 비로소 알게 된 것들이 있겠죠.

사카모토　맞습니다.
실은 〈async〉라는 앨범을 만들 때 제작 기간이 8개월 정도였는데, 중반부터 후반까지는 그야말로 등산하는 기분

이었어요. 작곡을 하면서도 곡이 완성되기 전까지는 어디가 산의 정상인지조차 알 수 없는 감각이었죠. 비유하자면 지도 없이 등산하는 느낌이라, 올라보지 않고서는 모르겠더라고요. 그 산이 얼마나 높은지, 어떤 경로가 있고 어떤 풍경이 펼쳐지는지, 그리고 목적지는 어디인지. 직접 발을 내딛기 전에는 알 수가 없는 거예요. 그러다 어느 날 '아, 여기가 목적지구나' 하고 실감하는 순간이 찾아왔고, 그때까지 보이지 않던 또 다른 산이 보였습니다. '여기가 종착점은 아니구나, 다음에는 저 산에 올라야 해'라는 생각이 들더군요.

후쿠오카　아, 역시나. 그곳에 도착해서야 비로소 볼 수 있었다는 거네요.

사카모토　올라보지 않으면 그 너머를 볼 수 없다는 사실을 그때 절감했습니다.

후쿠오카　그런 경험이 있으셨군요.

'일회성'의 소중함

후쿠오카　이마니시 긴지는 다윈의 진화론을 비판했는데 그 주장으로 엄청난 논쟁을 불러일으켰어요. 하지만 저는 그가 매우 우수한 생물학자라고 생각합니다.

　이마니시의 발언을 하나하나 되짚어 보면 지금의 진화론적 언어와 논리, 진화론의 로고스적 개념으로는 얻을 수 없는 세계관을 가지려는 사람이었다는 게 느껴져요. 로고스란 언어, 논리, 알고리즘 등 인간의 뇌가 만들어낸 세계의 이데아로, 이에 대응하는 개념이 피시스, 즉 자연입니다.

　'진화란, 변화해야 하므로 변한 것이다'라는 이마니시의 진화론은 로고스적 관점에서 보면 막연할 뿐 아니라 실체가 확인되지 않기 때문에 현대과학계에서는 부정적으로 보는 시각이 많습니다. 이것이 이번 대담의 테마 중 하나가 될 수 있겠네요.

사카모토　제가 한 가지 생각하는 건, 르네상스 이래 약 500년에 걸쳐 축적된 20세기형 사고가 성과를 이룩한 것은 사실이지만, 한편으론 폐해도 드러냈다는 점입니다. 이제 슬슬 다음 단계로 이행할 시기가 왔다고 보는데, 이마니시 선생님의 말씀이 이를 위한 하나의 양식이 될 수 있을 것 같아요.

이마니시 선생님의 말씀에서 따온 건 아니지만, '일어난 일은 이미 일어나버렸고, 되돌릴 수 없다'라는 것이 '생명은 어떻게 진화했는가'에 대한 제 의견입니다. 생명이든 진화든, 그것을 탄생시킨 우주의 흐름이란 이런 일회성을 띠고 있는 것 아닐까요.

후쿠오카　말씀하신 대로입니다. 음악과 소리 또한 일회성을 지니죠.

제가 예전에 갔던 사카모토 씨의 콘서트(〈async〉 발매 이후 2017년 4월 뉴욕 파크 애비뉴 아모리에서 열린 콘서트 - 옮긴이)에서는 연주 도중 순찰차나 구급차의 사이렌 소리가 들리거나 관객이 차고 있던 시계에서 삐익 – 하는 시보의 전자음이 울리는 등 여느 클래식 콘서트였다면 주변 사람들의 눈총을 받

을 만한 여러 가지 일이 있었습니다. 그러나 당시에 별다른 위화감을 느끼지 않았던 까닭은 200명 남짓한 관객만 들어올 수 있는 매우 친밀한 공간에서, 이런저런 해프닝이 사카모토 씨의 즉흥 퍼포먼스 안에 녹아들어 말 그대로 '일회성의 음악'이 실현되었기 때문이라고 생각합니다.

그러고 보니 그때 사카모토 씨는 피아노의 금속 현을 단단한 금속 물질로 쓱쓱 문지르기도 하셨죠.

사카모토 '내부주법內部奏法' 말씀이시죠?

얼마 전, 피아노가 '물체もの('もの(모노)'는 물건, 물체, 물질 등 구체적이며 감각적으로 포착되는 대상을 가리키는 일본어 단어인데, 사카모토 류이치는 〈async〉를 구상하는 과정에서 1960년대 말부터 1970년대에 걸쳐 나타난 돌, 나무, 종이, 파라핀 등 '물체もの' 그 자체를 작품으로 삼아 인간중심적 사고에서의 '대상'이 아닌 '물체' 자체의 존재를 드러내려는 미술 경향 '모노하もの派'에 영향을 받았다고 밝힌 바 있다. 여기서 'もの'는 이러한 관점에서 사용된 단어로 보이며, 이후 같은 관점에서 사용된 'もの'는 작은따옴표를 사용해 '물체'로 옮겼다–옮긴이)'임을 강하게 인식하면서 음악으로서가 아닌 '물체'로서의 울림을 들려주고 싶다고 생각하게 됐어요. 저에게 '물체'란 자연물을 의미합니다만, 피아노라는 악기도 원래는 나무나

철 등의 자연물을 인간이 모아 억지로 조형한 것이잖아요. 그런 인공물로서의 피아노도 인간이 손대지 않고 방치하면 몇백 년의 시간을 거치며 분해되어 자연의 '물체'로 회귀하겠죠.

예전에는 피아노를 정밀하게 조율했지만, 어느 순간부터 인공적으로 만들어진 피아노에게 원래의 자연 상태를 돌려주고 싶다, 피아노가 자연의 '물체'로서 소리를 낼 수 있게 해주고 싶다는 생각이 들어 조율을 안 하기 시작했어요. 물론 음정이 엇나가긴 하지만, 음정이란 것도 인간이 멋대로 만들어낸 개념일 뿐 자연의 소리로서는 딱히 어긋나는 것도 아니니까요.

내부주법은 피아노에 사용된 목재나 금속 등의 자연물로 소리를 내는 연주법인데, 일반적인 연주법으로 피아노를 연주할 때보다 예측 불가능성이 훨씬 확장됩니다. 내부주법으로 연주할 때 나오는 소리는 좀처럼 제어할 수 없죠. 어떤 소재로 문지르고 두드리는가에 따라 당연히 소리가 변하고, 소재를 가져다 대는 위치나 강도에 따라서도 발생하는 소리가 조금씩 바뀝니다. 어렵다면 어려운 일이지만 매번 같은 소리가 난다는 보장이 없다는 점이 내부주법의 좋은 점이자 즐거움이죠. 그 소리 자체를 들어주는 분들이 많지 않아 유감이지만요.

이런 방식으로 음악을 만들다보면 인간이 머리로 사고해 만들어내는 음악에 한계가 있다는 생각이 듭니다. 이것은 비단 음악에만 국한되는 것이 아니라서, 제아무리 머리 좋은 사람이 만든 건축과 미술 작품도 역시 자연의 조형과 복잡함에는 미치지 못한다는 느낌을 종종 받습니다.

잃어버린 '아우라'

후쿠오카　사카모토 씨가 예전부터 사용하시는 신시사이저도 인공적으로 소리를 만들어내는 장치여서 디지털적이라고 생각하기 쉬운데, 사실 초기의 신시사이저는 아날로그 방식이라 전압에 의해 소리가 변할 수 있다고 하더라고요. 그렇다는 건 일회성으로, 건반에 손이 닿는 순간 손가락에 얼마나 힘을 주느냐에 따라 다른 소리가 난다는 뜻인가요?

사카모토　제가 사용 중인 1970~1980년대에 만들어진 오래된 아날로그 신시사이저가 바로 그런 스타일입니다. 전압에 의해 주파수가 달라지고 음색도 변하죠. 이를테면, 집에서 연주할 때와 작업실에 가져왔을 때 전압에 미세한 차이가 생기기 때문에 미묘하게 다른 소리가 나요. 완전히 같은 모델이라도 기계마다 소리가 달라 무척 애착이 큽니다. 이제는 단짝 같은 느낌이에요.

예전에 작곡가 도미타 이사오 씨가 '신시사이저의 전기는 번개의 전기와 마찬가지다'라고 말한 적이 있는데요. 그렇게 보면 신시사이저가 내는 것은 자연의 '소리音'이며 애초에 신시사이저 자체도 인공물처럼 보일 뿐 사실은 자연의 '물체'라는 말이 되죠.

후쿠오카　사카모토 씨는 그 오래된 물건을 소중하게 사용해오셨군요.

사카모토　물론 편리함으로는 디지털 신시사이저를 이길 수 없지만, 디지털 신시사이저는 자연의 '소리'나 '물체'가 아니라는 점에서 저항감이 있어요.

아날로그 신시사이저에도 약간의 재현성은 있지만 제어된 파라미터parameter(전자악기에서 특정한 음을 내기 위해 설정하는 모든 요소를 일컫는 말-옮긴이)를 디지털적으로 정확하게 기억하지는 않기 때문에 전원을 켠 후 경과한 시간이나 기기의 발열 등 여러 요소에 의해 소리가 바뀌므로 나중에 재현할 수 없는 소리도 상당히 많습니다. 저는 거기에서 재미를 느끼고요.

후쿠오카 바로 거기에 일회성이 있는 거군요.

사카모토 저는 그런 음악의 일회성을 무척 귀하게 여깁니다.

과학은 여러 번 반복해도 같은 결과를 얻을 수 있는 재현성에 가치를 두지만, 음악은 그와 반대예요. 한 번밖에 일어나지 않는다는 점에서 벤야민이 말하는 '아우라'가 존재하고 바로 거기에 가치가 있는 겁니다. 그러니 매번 같은 일이 필연적으로 발생하거나 열화劣化하지 않는 경우, 똑같은 것이 다수 존재하는 경우에는 아우라가 없다고 할 수 있죠.

벤야민은 예술 작품이 '지금, 여기'와 연결되어 일회적으로 현상現像할 때 나타나는 특유의 반짝임을 아우라라는 개념으로 표현하며, 기계적 복제 기술의 대두로 예술 작품의 복제품을 대량 생산하게 된 시대에 작품의 아우라가 상실되는 문제에 대해 논했습니다. 20세기 전반에 나온 벤야민의 이러한 지적은, 당시보다 복제 기술이 발달한 지금이

야말로 더욱 진지하게 고찰할 필요가 있습니다.

후쿠오카　동감합니다.

실은 반드시 재현성이 있어야 한다고 여겨지는 과학에서도 일회성과 재현성이 부딪치는 일이 있습니다. 예를 들어, 우리가 논문을 쓸 때는 아주 정확한 조건을 설정하여 동일 조건에서 실험할 경우 모두 같은 결과가 나오는 것을 목표로 합니다. 그러나 생물학 실험은 생물이라는 날것을 상대하기 때문에 실제로는 매번 조금씩 다른 일이 벌어지죠. 과학에서는 그것을 '근사적 재현성'이 있다고 간주합니다.

제가 무척 인상 깊었던 것은 〈async〉를 완성했을 때 사카모토 씨가 '아무한테도 들려주고 싶지 않다, 나만 듣고 싶다'라고 생각했다는 점이에요. 언뜻 자기애적 발언으로 들릴 수 있지만, 꼭 그렇지만은 않을 겁니다.

요컨대, 일회성을 지닌 음악 혹은 소리더라도 복제해 모두와 공유하는 단계에서 복제된 동일성에 묶여버리니까요. 사카모토 씨는 그렇게 되지 않은 상태의, 일회성에 한정된 〈async〉의 음악을 더 아껴주고 싶었던 것 아닐까요.

사카모토 예리하시네요.

지금까지 많은 앨범을 만들어왔지만 〈async〉를 완성했을 때 처음으로 그런 느낌을 받았습니다. 음악을 만드는 근본적인 목적은 많은 분이 들어주는 것, 혹은 CD 같은 복제물이 널리 알려지는 것인데 말이죠. 그래서 스스로도 신기했습니다.

앞서 들었던 비유를 쓰자면 지도도 없이, 목적지가 어딘지도 모른 채 〈async〉의 음악을 만드는 동안 '산에 오르는 일'을 '어떻게 마무리 짓는가'가 중요하다는 생각이 들었어요. 저도 모르는 사이에 '붓을 내려놓을 때'를 무심코 놓쳐버리고 쓸데없는 덧칠을 하게 될까 봐 굉장히 두려웠거든요. 그래서 '지금인가? 지금 아닐까?' 하고 붓을 내려놓는 타이밍에 촉각을 곤두세운 채 앨범을 만들었는데, 이 또한 일회성의 문제와 밀접하게 관련되어 있지 않나 싶어요.

후쿠오카 음악이든 과학이든 그것이 언어화된 순간, 혹은 작품이나 결과가 발표된 시점부터 복제와 재현의 대상이 된다는 모순을 안고 있지만, 그럼에도 끊임없이 기존의 것을 깨부수며 나아가야 하는 면이 있다고 생각합니다.

출서: 〈async〉
영상 제작: Zakkubalan

그런 의미에서는 사카모토 씨도 저도 정처 없는 노력을 하고 있는 것일지도 모르죠.

　　사카모토　깨부순다는 말이 나와서 말인데, 도자기를 빚어서 '이것이 제 앨범입니다. 수령 후 부쉬주세요'라는 메시지를 동봉한 다음, 부술 때 발생한 소리를 저의 음악이라고 말할 수는 없을까 하는 고민을 농담 반, 진담 반으로 하곤 해요. 그걸 위해 직접 흙을 찾는 여정을 떠나도 좋겠다고 생각하고요.

도쿄 필하모닉 교향악단과의 공연

노이즈투성이의 세계를 어떻게 바라볼 것인가

사카모토 〈async〉를 만들 때는 우선 내가 듣고 싶은 소리만 모아보자는 생각으로 빗소리 같은 자연계의 소리를 콘택트마이크로 녹음하거나 악기 이전의 '물체'를 문지르고 두드리며 다양한 소리를 수집했습니다. 그렇게 모은 소리, 즉 S(사운드)와 N(노이즈)을 들으면서 M, 그러니까 '뮤직'이 부족하다는 사실을 깨달았어요. 그래서 모아온 소리에 뮤직의 요소를 담아 완성한 것이 〈async〉인데요. 그런 과정을 거쳐 구성된 곡들이다 보니 라이브 무대에서 재현할 수 있는 앨범은 아니죠.

후쿠오카 S와 N을 시그널과 노이즈라고 생각하면 이 세상은 그야말로 노이즈만으로 가득한 공간, 말하자면 밤하늘의 별들 같은 거예요.

　　그러나 인간의 뇌는 그 노이즈 중 두드러지는 포인트, 즉 시그널을 묶어 별자리를 검출해내는데, 이것이 바로 과학이 하는 일이죠. 본래 노이즈로 존재하는 자연에서 어떤 종류의 로고스를 끄집어낸다는 면에서 무척 인공적인 작업이라고도 할 수 있습니다.

　　과학자는 이 점을 늘 자각하고 있어야 하는데, 무심코 이를 망각하고 시그널이 진짜라고 믿어버리곤 합니다. 인간의 지知의 역사, 특히 근대과학사는 본디 무작위적이며 노이즈투성이인, 일회성으로 가득한 이 세상에서 재현성이 있다고 여겨지는 법칙을 추려내고, 이 법칙을 통해 논할 수 있는 것만이 과학이며 세상을 나아지게 만드는 과학의 진보라고 약속해왔어요. 하지만 그 이면에는 시그널을 추려내는 과정에서 잃어버린 노이즈들이 존재하죠.

　　사카모토　후쿠오카 씨가 말씀하시는 시그널과 노이즈를 '지地'와 '도圖'로 치환할 수도 있을 것 같아요. 과학은 특정한 자연 상태를 관찰해서 '도'를 도출하고 거기에서 의미를 발견해나가는 일을 하죠.

후쿠오카   과학자는 원래 노이즈 혹은 '지'만으로 이루어진 세계에서 어떤 시그널, 다시 말해 '도'를 찾아내는 교육을 받고, 실제로도 그런 일을 해야 하는 사람입니다. 하지만 계속 그런 일만 하다 보면 왠지 진력이 날 때가 있어요. 적어도 저는 그렇거든요.

사카모토   그건 저도 이해가 돼요. 어떤 현상이 일어났을 때 왜 그렇게 되었는지 알고자 하는 과학자의 욕망은 결코 잘못된 것이라 할 수 없습니다. 다만, 조금 전 후쿠오카 씨가 말씀하신 대로 굉장히 엄격한 조건의 환경을 조성해 재현성을 높여가는 실험은 사실 자연 상태가 아니잖아요. 그러니 지칠 법도 하죠.

후쿠오카   음악 분야에서도 비슷한 경우가 있나요?

사카모토   많이 있습니다.
음악은 자연 상태의 소리를 소재 삼아 어떤 구축물을 만들어간다는 점에서 수학과 조금 닮았는데요. 예컨대, 베토벤의 곡들도 잘 들어보면 마치 벽돌쌓기 장인처럼 소리라는 블록을 하나하나 쌓아 만들었다는 걸 알 수 있어요.

그런 식으로 '지'보다 '도'에서 의미를 찾고, '도'를 얼마나 아름답게 만들어내는가에 가치를 두다 보면 배제되는건 '지', 그리고 노이즈죠. 음악은 몇백 년이 넘는 시간 동안그런 형태로 발달해왔고, 특히 근대 이후의 인간들은 음악마저도 점점 더 제어하는 방향으로 이끌어왔어요.

그런데 재미있게도 딱 제가 태어난 1950년대 즈음, 현대음악이 고도로 체계화되던 무렵에 존 케이지라는 훌륭한 작곡가가 '일반적으로 음악적이라고 여겨지는 것에 소리가 예속되는 상태를 거부한다'(《존 케이지: 작은 새들을 위해 ジョン・ケージ 小鳥たちのために》, 아오야마 마미 옮김, 1982년)는 발언과 함께 다시금 '지'에 귀를 기울이자며, '도'만을 취하지않도록 '지', 노이즈를 듣는 도전을 시작했어요. 참고로 존케이지가 젠禪('마음이 동요하는 일이 없어진 상태'를 가리키는 불교 용어-옮긴이)이나 역학易學(주역의 괘卦를 해석하여 음양 변화의 원리와 이치를 연구하는 학문-옮긴이) 같은 동양적 사고에 강한 영향을 받았다는 이야기도 유명하죠.

저는 10대부터 존 케이지의 존재를 알고 있었고, 그때까지 배워온 서양음악의 계보에서 완전히 벗어난 그의 음악에 관심을 두게 됐어요. 그래서 고등학생 때는 스티브 라이히, 필립 글래스, 테리 라일리 같은 존 케이지 다음 세대의 전위음악가들의 공연을 보러 다니기도 했는데, 그들의 음악에서 당시 전위음악가들과 제가 가진 문제의식 사이에 접점이 있음을 깨달았습니다.

　그 시절의 저는 데모에 나가고 수업을 거부하는 행위 등을 통해 학교와 사회 제도를 해체하려는 목표를 가지고 있었습니다. 동시대의 작곡가들도 막다른 골목에 몰린 서양음악의 기존 제도와 구조를 해체하고 새로운 음악으로 가는 길을 모색하려 했고요. 한마디로 우리는 똑같이 1970년 전후, 그 '해체의 시대'의 분위기를 읽어 행동에 옮겼던 것 같아요.

　제 의식이 열여덟 살 때쯤으로 돌아가버린 걸 수도 있는데, 최근 들어 더더욱 존 케이지가 제기한 문제가 진정으로 중요하고 절실한 것이라고 생각하게 됐습니다.

　노이즈를 배제하는 문제에 관해서는 피라미드가 좋은 예인데, 인간은 아름다운 것을 만들기 위해서라면 아무리 육체가 혹사당한다 해도 그 사실을 감추려 하잖아요.

　'신은 주사위 놀이를 하지 않는다'라는 아인슈타인이

남긴 유명한 말이 있습니다만, 여전히 사람들은 노이즈 없는 심플한 아름다움을 좋아하죠. 울퉁불퉁하지 않고 반들반들할수록 찬양과 감탄을 불러일으키고, 건축도 곧은 것이 아름답다고 평가됩니다.

후쿠오카　맞아요. 그림도 대부분 사각형이죠.

사카모토　예전에 비행기를 타고 가다 아마존 밀림 위를 지난 적이 있는데요. 눈에 들어오는 광경이 죄다 들쑥날쑥한 것이 그야말로 노이즈투성이의 자연 상태였어요.

후쿠오카　아마존이야말로 피시스의 세계니까요.

사카모토　그런데 들쑥날쑥한 것들이 넘쳐나는 가운데 간간이 쭉 뻗은 곧은 선들이 보이는 거예요.
　뭔가 했더니, 다 인간이 그어놓은 것들이더군요. 도로와 구획된 밭들. 직선이 있는 곳에 인간이 있고, 그곳에서 농업과 목축이 이루어지죠. '아아, 인간은 이런 식으로 자연을 파괴하고 있구나' 하고 그 단면을 목격한 기분이었습니다.

별자리를 본다 한들 우주를 알 수는 없다

    후쿠오카   저도 '도'만 보는 과학자 중 한 명이었어요. '도'에 가치를 뒀고 그걸로 생명의 메커니즘을 설명해낸 듯한 기분에 빠지기도 했습니다만, 생명은 시계 장치 같은 걸로 만들어진 듯 보여도 사실 그렇지 않거든요. 진정한 자연의 풍요로움과 정묘함은 사카모토 씨가 말하는 '지'의 부분에 있다는 것이 반성을 담은 저의 생각입니다.

    이 세계의 구성 방식을 이해하려면 노이즈라고 여겨지는 부분들에 더욱 주목해야 한다고 주장한 사람이 있는데, 바로 독일의 이론 생물학자 야콥 폰 윅스퀼(1864~1944)입니다. 앞서 언급한 이마니시 긴지와 마찬가지로 그 역시 생물학계의 이단아로 알려져 있으나《생물의 시선으로 본 세계 生物から見た世界》(일본어판 초역 1942년)를 포함한 그의 저서를 읽어보면 근대과학이 간과한 비전들이 제시되어 있어요.

　　사카모토　　웍스퀼은 저도 좋아해요.《생물의 시선으로 본 세계》를 처음 읽은 게 20대 초반이었는데 너무 놀라워서 눈이 번쩍 뜨였던 것이 기억나네요.

　　후쿠오카　　웍스퀼은 인간 외의 생물이 어떻게 세계를 느끼고, 이해하고, 지각하는지 논하며 그것을 동물 종 특유의 '움벨트'라고 표현했습니다. 이를 동물은 인간이 버려둔 노이즈를 취하고 있다는 뜻으로 해석할 수 있겠죠.

　　사카모토　　웍스퀼은 진드기처럼 시각이 없는 특정 종의 생물들이 후각 등으로 세계를 인식하는 것을 비유적으로 그렇게 '세상을 본다'라고 표현하는데, 말하자면 그들에게는 냄새가 별자리인 셈입니다.

　　후쿠오카　　그러네요. 시각 외의 것으로 세계를 만들고 있는 거죠.

　　사카모토　　세계를 '총체'로 인식하지 못한다는 면에서는 진드기나 인간이나 똑같아요. 이건 좋은 의미로 충격을 주는 관점이면서, 무척 중요한 포인트라고 생각합니다.

과학 역시 '지'와 노이즈를 포함한 총체로서 세상을 바라보고 사고할 수 없다면 본질적인 진리에는 도달할 수 없을 거예요.

후쿠오카　그렇습니다. 아무리 별자리를 살펴본들 우주를 이해할 수는 없고, 애초에 별자리라는 개념 자체도 별을 왜곡해서 보는 것이니까요.

별자리는 하나의 평면에 달라붙어 있는 별들의 점이 아니라 실제로 완전히 거리가 다른 별들을 하나의 도형으로 보는 것이잖아요. 지금 보이는 별자리의 모양이 100만 년 후에는 달리 보일 수도 있고, 별의 빛 자체가 몇만 년 전에 발생한 것이니 어쩌면 이미 사라진 별일지도 모릅니다. 그런 걸 별자리라는, 일종의 도표이자 질서로 보는 것 자체가 환상이라는 말이죠. 그런 '별자리적' 관점을 잠시 보류해두는 자세가 무척 중요하다고 생각합니다.

사카모토　동의합니다.

별자리라는 2차원적이고 평면적인 개념으로 우주를

보는 시각은 그야말로 인간이 세계를 어떻게 인식하는가를 상징하는 비유 같아요. 3차원, 4차원 공간에 흩어져 존재하는 붙박이별을 평면으로 파악하고 점과 선으로 이어 모양으로 인식하듯, 인간은 모든 것을 선형적 사고를 통해 로고스화했습니다. 시간이나 숫자 같은 것이 바로 이런 방식으로 로고스화된 것이죠.

후쿠오카   과학도 그렇습니다. 생물학에서는 생명을 분리하고 세포를 분해해 미시적인 파트 하나하나에 이름을 붙이고 파트와 파트 사이에 화살표를 그어 인과관계로 엮어냄으로써 별자리를 보는 작업을 해왔습니다.

사카모토   음악 역시 마찬가지예요. 시작이 존재하고, 시간이라는 선 위에 음표를 늘어놓고 어떤 지점에서 끝을 맞이하는 선형적 구조로 여겨지고 있죠. 현대음악 작곡가이자 평론가인 곤도 죠 씨는 《선의 음악線の音樂》(1979)이라는 책에서 '분절 – 연접'이라는 개념을 언급하며 현대음악은 분절(새로운 음향을 찾는 것)에만 지나치게 집중한 나머지 새로운 연접(시간의 흐름에 따라 음을 늘어놓는 것)의 방법을

찾아내지 못하고 있다고 주장합니다.

추상적인 표현을 써서 음악을 '시간의 예술'이라고 얘기하는데요. 음악이란 방향의 좌표축 위에 점을 찍는 것이자 흘러가는 시간을 미적으로 구축해나가는 것이라고들 하죠. 하지만 이런 인위적이고 작위적인 것들은 규칙만 배우면 습득할 수 있고, 그 규칙대로 이것저것 늘어놓기만 하면 음악을 만들 수 있게 되어버립니다.

후쿠오카   그런 거군요.

사카모토   저도 마찬가지지만, 별자리를 보는 일과 우주를 이해하는 것이 별개라는 사실을 인식하지 못하는 사람은 꽤 많을 겁니다. 하지만 그렇다는 걸 한번 깨닫고 나면 얼마나 자의적으로 세계를 보고 있었는지 알게 되지 않을까요.

저는 9·11을 계기로 선형이 아닌 음악을 추구하게 되었습니다. 허와 실이 명확하지 않은 그런 사건을 겪다 보니 인류의 앞날도 보이지 않고, 과연 희망이 존재하긴 하는지 알 수 없는 상태가 되더군요. 20세기의 비판을 통해 더 나은 21세기를 만들겠다는 식의 선형적 시간 감각을 더 이상은 가질 수 없게 되어버렸습니다. 이런 생각이 제 음악에도 영향을 미쳤을 거예요.

직선적인 시간 속에서 명확한 '끝'을 정해놓는 서양음악을 일신교적이라 한다면, 본래의 음악은 보다 다신교적이고 애니미즘적인, '끝'이 없어도 상관없는 타임 프레임에서 탄생한 것이었다고 생각해요. 존 케이지조차 마지막까지 구조에 집착했고 '어떤 시간을 어떻게 구획하는가'라는 구성에 집중했지만, 저는 거기에서 벗어나고 싶습니다.

제가 환경문제에 관심이 많아서 그런지 '환경친화적인 음악이란 무엇인가'라는 질문을 받을 때가 있는데요. 기본적으로 그런 음악은 존재하지 않는다고 생각합니다. 그래도 답을 찾는 노력은 꾸준히 하고 있는데, 만약 정말로 '친환경 음악'이 존재한다면 미셸 푸코의 '인간은 죽었다'까지는 아니더라도, 어떤 면에선 인간적인 것을 부정하는 무언가가 되지 않을까 싶어요. 다시 말해 일신교적인, 즉 처음이 있고 끝이 있는 것, 혹은 역사에는 목적이 있다는 등의 인간의 발상으로부터 최대한 멀어지고 싶다는 마음이 개인적으로 점점 커지고 있습니다.

앨범에 담는 음악은 어느 지점에서 끝나야겠지만, 시작과 끝이 있는 하나의 시간이 아니라 복수의 시간이 동시에 진행되어 영원히 '반복'이 일어날 수 없는 음악 같은 걸 만들어보고 싶기도 하고요.

후쿠오카   '친환경 ◯◯'이라는 표어에는 확실히 경박한 느낌이 있어요. 인간이 환경을 통제할 수 있다고 믿는 인간중심주의의 오만함도 느껴지고요. 그래서 사카모토 씨가 그로부터 최대한 멀어지려 하는 것이 어떤 감각인지 이해할 수 있을 듯합니다. 만약 진정으로 친환경적인 상태가 존재한다면, 그건 마지막으로 지구에 나타난 가장 흉악한 '외래종'인 인간이 사라진 상태겠죠. 인간에게 지구 환경은 꼭 필요하지만 지구 입장에서 인간은 없어도 그만인 존재니까요. 오히려 없는 편이 해악을 덜 끼칠 겁니다.

언어라는 로고스의 힘

사카모토　한편, 이건 인간 뇌의 특성이라고밖에 말할 수 없을 듯한데, 우리 인간은 '랜덤'을 견디지 못하는 면이 있는 것 같아요. 뭐든 의미 있는 정보를 얻고, 보고, 들으려고 하죠. 인간은 좀처럼 그런 성향을 억누르지 못하는 것 같습니다.

후쿠오카　바꿔 말하면 질서를 원한다는 뜻이겠죠. 별자리를 통해 별을 보는 행위가 인간에게는 쾌감인 겁니다. 정다각형, 황금비, 대칭성 등이 지닌 질서의 아름다움은 인간이 오래도록 바라고 추구해온 지성의 방향이기도 하니까요.

사카모토　그렇게 조직화해서 질서정연하게 만들면

컨트롤하기가 더 쉬워지잖아요. 그 정확도를 높이려다 보니 컴퓨터도 쓰게 되고, 점점 더 로고스에 치우치는 현상이 일어납니다. 수백 년, 수천 년 동안 이러한 압력이 작용해 왔다고 볼 수 있죠.

인간은 이런 희한한 면을 많이 지니고 있어요. 한창 개인과 사회에 대해 생각하던 시기에 가와이 마사오 씨의 영장류학 서적을 접한 것을 계기로 다양한 생물학책을 닥치는 대로 읽었는데요. 어쩌면 침팬지나 보노보, 고릴라처럼 우리와 가까운 친구들에게도 우리가 별자리를 보듯 우주와 자연을 보는 면이 있을지 모른다는 생각이 들었습니다.

후쿠오카 침팬지와 보노보, 고릴라에 관해 잘 알지는 못하지만, 인간이 별에서 별자리를 도출하는 행위가 언어, 로고스의 작용이라는 점만큼은 확실하죠.

관련된 얘기가 하나 생각났는데요. 일본어가 모국어인 우리가 미국에서 생활하다 보면 로고스의 강력함에 일종의 난처함을 느낄 때가 있잖아요.

사카모토 있죠.

후쿠오카   얼마 전 어떤 교육 모임에 나갔는데 한 선생님이 아이들에게 권리라는 말을 가르칠 때 '라이트right'라는 단어와 '프리빌리지privilege'라는 단어의 차이를 확실히 각인시켜야 한다고 말하더군요. 우리는 입시 영어를 배울 때 두 단어를 모두 '권리, 특권'이라고 암기하고, 명확한 구별을 짓지 않잖아요. 하지만 영어가 모국어인 사람들은 '라이트란 태어나면서 부여받는 휴먼라이트human right와 같은 권리이고, 프리빌리지는 스스로 추구하여 무언가의 대가로 얻은 것'이라고 구분하더군요.

영어권에서는 이렇듯 언어로 구분하는 힘이 굉장히 세서, 그 힘으로 본디 노이즈투성이인 세계로부터 시그널을 도려내버립니다. 과하게 도려내다 보면 당연히 본래의 자연은 심하게 변형되고 인공적으로 바뀌죠.

원래 물리학의 '피직스physics'와 생리학을 뜻하는 '피지올로지physiology'의 최초 어원인 '피시스physis', 그리스어로 '퓨시스'는 '본래의 자연'이라는 의미입니다. 고대 그리스의 헤라클레이토스나 피타고라스 같은 철학자들은 자연은 혼란스러우며 노이즈투성이지만 풍요로운 것이라는 관점을 갖고 있었죠. 하지만 소크라테스와 플라톤이 등장하고 이데아 같은 개념이 생긴 이래 현대에 이르기까지, 특히 영어문화권 내에는 로고스를 통해 세계를 끊임없이 추출해온 역사가 매우 공고히 존재합니다.

사카모토　확실히 영어문화권에는 그 점에 의문을 품지 않는 사람이 더 많은 것 같아요.

후쿠오카　가끔은 그런 사실에 염증을 느낄 때가 있어요. 일종의 이문화異文化 체험이라 할 수도 있는데, 역으로 피시스라는 자연의 풍요로움을 깨닫게 되는 반작용도 있죠.

한자의 풍성한 환기 능력이 지닌 가능성

사카모토   일본어로는 뚜렷한 구별 없이 '권리, 특권'이라는 뜻으로 사용되는 말이 영어에서는 라이트와 프리빌리지라는 두 개의 단어로 존재하는 셈인데요. 단순하게 보면 두 개의 단어가 있다는 건 그 언어를 모국어로 하는 이들이 하나의 뿌리에서 두 가지의 말을 추출하여 별개의 개념으로 간주하고 있다는 뜻입니다. 다시 말해, A와 B는 상이하며 이 두 단어가 서로를 치환할 수 없음을 전제한다는 것이죠.

후쿠오카   맞아요. 다른 별자리들이 마구 들끓는 격이죠.

사카모토   그에 반해 일본인의 머릿속에는 영어 원어

민들처럼 라이트와 프리빌리지라는 A와 B가 존재하는 것이 아니라 비교적 막연한 '권리, 특권'만 있다는 얘기예요. 그것을 더욱 정확하고 섬세하게 고정하려면 그 앞에 형용사를 붙여서 '어떠어떠한 특권', 이런 식으로 수식할 필요가 있죠. '권리'라는 단어 하나만 봐도 영어권 사람들과 우리는 놀라울 정도로 세계관이 다르다는 사실을 알 수 있습니다. 바로 이것이 로고스의 힘이죠.

　제가 이를 실감했던 더욱 일상적인 예시로는 개 짖는 소리가 있어요. 엄밀히 말하면 개들의 짖는 소리는 제각각일 텐데요. 설령 전 세계의 개들이 모두 같은 소리로 짖는다 해도, 각 언어의 오노마토페オノマトペ(프랑스어 'onomatopée'를 소리 나는 대로 쓴 일본어 단어로, 의성어와 의태어를 아울러 이른다–옮긴이), 즉 의성어 표기는 각각 다르잖아요. 예컨대 영어로는 '바우와우', 프랑스어로는 '와프와프', 이탈리아어로는 '바우바우'죠. 하지만 일본에 있든 미국에 있든 제 귀에 개 짖는 소리는 다 '왕왕'으로 들리거든요? 이성적으로는 그게 틀렸다는 걸 아는데도 '왕왕'으로밖에 안 들려요. 세계 어디를 가든 저한테 개 짖는 소리는 다 '왕왕'인 거죠.

후쿠오카　저도 그렇게 들려요.

　사카모토　하지만 실제로는 잘못된 거잖아요. 애초에 개들이 '왕왕' 하고 짖지도 않고, 미국인들 귀에는 '왕왕'으로 들리지도 않아요. 모든 언어권에 저마다의 소리가 있다고 해도 과언이 아닐 정도로, 다 다르게 들릴 겁니다.
　즉, 개 짖는 소리처럼 지극히 일상적인 부분에서마저 우리는 그런 '별자리'에 둘러싸여 살고 있고, 심지어는 그것을 의식조차 못 할 정도로 촘촘한 '별자리' 그물에 사로잡혀 있어요. 인간의 사고 틀이 로고스적인 것에 의해 형태를 갖췄기 때문에 음악과 과학, 나아가 일상생활에서도 우리는 무의식적으로 로고스에 의해 고정된 방식으로 세상을 보고 체험하는 거죠.

　후쿠오카　한마디로 인식의 감옥이라 할 수 있겠네요.
　그러고 보니 얼마 전 사카모토 씨가 소개해준 책 중에 메이지 시대에 외국인 교사로 초빙되어 일본 미술을 해외에 알린 페놀로사가 한자에 관해 고찰한 내용이 있었잖아요.
　저는 뉴욕에 거점을 두고 있다 보니 영어 때문에 고생

할 때가 많은데요. 그 책을 읽으면서 일본어라는 문자를 기반으로 한 문화권에서 자라며 일종의 풍요로움을 누렸다는 사실을 새삼 깨달았습니다.

사카모토　페놀로사가 본인에게 큰 영향을 끼친 거장 시인 에즈라 파운드와 함께 쓴 책《시의 매체로서의 한자 詩の媒体としての漢字考》(다카다 비이치 옮김, 1982년) 말씀이시군요. 저희 집에 잔뜩 쌓여 있는 서적들 속에서 무심코 집어 들었던 책인데, 후쿠오카 씨와 만났을 때 이런 책을 읽었다고 얘기했었죠.

페놀로사는 영어를 포함한 유럽 언어들과 중국어나 일본어처럼 한자를 쓰는 아시아 언어 사이의 중요한 차이에 대해 고찰했는데, 그 내용이 상당히 설득력 있어요. 예를 들어 영어적 사고법에서는 우선 단어가 존재하고 'A is B'와 같은 식으로 동사를 접착제 삼아 벽돌 쌓듯 명사를 붙여가면 무엇이든 표현할 수 있어요. 페놀로사는 이러한 사고법이 편리하긴 하지만 진실을 나타낸다고 할 수는 없다고 썼어요. 그는 한자가 어떤 식으로 리지드rigid한(고정된) 사고에서 벗어나 유동적인 자연을 표현하고 보존·유지하는지에 착안해 다양한 예시를 듭니다.

후쿠오카　한자는 직감적이고 색채적인 데다가 시각적으로 자연을 표현하도록 만들어진 문자니까요.

사카모토　거기에 덧붙여서, '사쿠라桜(벚나무–옮긴이)' 같은 글자를 보면 그 한자 하나만으로 한 편의 시잖아요.

후쿠오카　인간의 사고가 로고스화되는 것을 막을 수 없는 면이 있긴 하지만, 한자라는 것이 지닌 환기喚起 능력의 풍부함을 그런 움직임에 대한 어떤 의미의 르네상스로서 평가할 수 있을지도 모르겠네요.

사카모토　그 책에서 파운드는 페놀로사가 그랬듯, 한자를 독음으로 읽는 것을 좋아한다고 썼습니다. 페놀로사가 한자에 관해 이런 사고방식을 갖게 된 것은 모리 가이난이라는 한시·한문학자의 강의를 들었던 영향이 큽니다.
　모리는 페놀로사에게 '일본어 독음이 한자가 만들어진 고대 중국어 소리에 가깝다'라고 가르쳤다고 해요. 수천 년

의 긴 역사를 거치는 동안 중국에 다양한 이민족이 유입되면서 소리가 변했다는 거죠. 그게 역사적으로 맞는지는 알수 없지만, 메이지 시대의 중국 시 석학이었던 모리가 크게 어긋난 사실을 말하지는 않았을 거라 생각해요.

후쿠오카   흥미롭네요.

사카모토   실은 음악과 관련해서도 비슷한 얘기가 있습니다. 오래전부터 일본에 전해 내려오는 가가쿠雅樂(1200년 이상의 역사를 지닌 일본의 고전음악으로, 궁정을 비롯해 사원과 신사에서 널리 연주되었다-옮긴이)는 당나라에서 넘어온 것인데요. 당시 중국은 황제가 다스리는 나라였기 때문에 동서남북 방방곡곡에서 음악과 춤을 모두 끌어모아 궁중음악을 만들었습니다. 그것이 나라 시대(710~794년-옮긴이) 무렵 일본에 전래되었고, 다소 변형되었지만 처음 들어왔을 당시의 형태와 제법 비슷하게 유지된 부분도 있죠.

한편 가가쿠의 원산지라고 할 수 있는 중국에서는 한자와 마찬가지로, 원래의 음악이 거의 사라졌다고 해요. 중국의 아악雅樂은 일본에 전파되는 과정에서 한반도에도 전

해졌는데, 그곳에도 아악이 남아 있긴 하지만 한반도 특유의 문화에 맞게 개편된 부분이 많습니다. 그런 면에서 보면 지금까지 당나라 시대 음악의 울림을 비교적 소중하게 보존하고 있는 일본은 아무래도 '지켜나가는 문화'를 지닌 것 같아요.

명사로 생각하지 않는 실험

사카모토　실은 페놀로사의 책에 자극받아, 사고실험
의 일환으로 하루 동안 명사를 사용하지 않으려고 노력한
적이 있어요.

후쿠오카　엄청난 실험을 하셨네요(웃음).

사카모토　시도해보긴 했는데 거의 불가능하더라고
요. 1초도 못 버텼죠. 대화도 못 할뿐더러 사고하는 것 자체
가 어려웠습니다. 예를 들어 하늘에 떠다니는 구름을 보고
'저 구름을 표현해보자', '저 구름은 왜 저기 떠 있는 걸까'
라고 생각하는 데만 해도 여러 개의 명사를 사용하게 되잖
아요. 명사를 쓰지 않으면 생각조차 마음대로 할 수 없고,
한 발짝도 앞으로 나아갈 수 없어요. 인간이 얼마나 명사에

얽매여 있는지 뼈저리게 깨달았습니다.

그래도 그 실험을 통해 이름 짓지 않는 것, 이름을 사용하지 않는 것, 이름으로 인식하지 않는 것이 중요하다고 생각하게 됐죠.

후쿠오카 이름을 짓는다는 건 결국 별자리를 추출하는 일이니까요.

사카모토 맞아요.

자연계는 모든 것이 다 연결되어 있어서 간단히 도려낼 수 없고, 모든 것이 유동적인 상태로 계속해서 변화합니다. 영어로 표현하자면 'ing'죠.

후쿠오카 말씀하신 대로입니다.

페놀로사가 쓴, 'A is B'로는 발생과 생성이 기술될 수 없다는 구절에 저도 무척 큰 감명을 받았는데요. 생명의 시간과 기계의 시간은 전혀 다릅니다. 기계의 시간이 이른바 x축과 y축을 바탕으로 평면 위의 점을 모아둔 것이라면 생명의 시간은 그보다 더 두께가 있는 것으로, 예컨대 음악에서 그때까지 울리던 음이 다음 음을 찾아가는 방식으로 소리가 이어지는 것처럼, 물리적인 점과 점의 연결과는 다릅니다. 게다가 과거의 것이 흘러들고 미래의 것이 한발 앞서 밀려오는 느낌으로 시간이 흘러가죠. 기계의 시간은 언뜻 이어져 있는 것처럼 보이지만 그것은 어디까지나 넘어가는 플립북(책장마다 연속적인 그림이 그려져 있어 빠르게 넘기면 그림이 움직이는 효과를 주는 책-옮긴이)의 그림이 영상으로 보이는 효과처럼 일종의 환영을 비춰내는 것에 지나지 않죠. 점을 아무리 많이 모아도 그것이 연결되지는 않으니까요.

사카모토 그렇게 흘러가는 것에 명사를 붙이다 보면 두 가지 오류가 발생합니다. 하나는 명사를 붙임으로써 이어져 있는 것의 일부를 도려내는 것이고, 또 하나는 움직이고 있는 것을 움직임이 없는 추상적인 대상으로 치부하는 것이죠.

후쿠오카 명사화로 야기되는 속박은 언어의 심리적 속박이자, 분절화의 심리적 속박이라 할 수 있습니다.

인간은 어지간해서는 이런 로고스의 심리적 속박에서

벗어날 수 없겠지만, 이를 통해 만들어진 것은 어디까지나 인공적인 것으로, 우리를 포함한 생명 그 자체의 자연과는 완전히 다릅니다.

사카모토 로고스로는 진정한 세상을 봤다고 할 수 없다는 거죠. 저는 이에 대해 강한 문제의식을 느끼고 있습니다.

제가 좋아하는 우스갯소리 중에 이런 게 있어요.

미래 이야기인데요. 인류가 지구에서 살기가 힘들어지자 한 우주비행사가 로켓을 타고 다른 행성을 찾아 떠납니다. 우주 여기저기를 돌아보다가 생활하기 좋아 보이는 행성을 발견해 착륙했는데, 거기엔 이미 사람이 살고 있었어요. 그래서 '여기는 무슨 행성입니까?'라고 물었는데, 주민들이 멍하니 있으면서 아무 말도 하지 않는 거예요. 우주비행사는 '안 되겠네. 여긴 다 바보들뿐이잖아. 다른 곳을 찾아봐야겠어' 하고 다른 곳으로 비행을 떠납니다. 그 모습을 행성의 주민들은 그저 멍하니 바라보고 있을 뿐이었죠. 사실 이 행성은 만 년 후의 지구였고, 인류가 나름대로 진화한 결과, 모두가 아무 말도 하지 않게 되었던 거예요. 그 모

습이 분절을 통해 사고하는 인간의 눈에는 바보처럼 보였
다는 거죠.

후쿠오카　이런 유머, 좋은데요?

사카모토　그렇죠? 물론 인간이 미래에 정말 그렇게
될는지는 알 수 없지만요.

알고리즘적 사고의 함정

후쿠오카 　요즘 자주 회자되는 싱귤래리티singularity (기술의 혁신적 변화로 인간의 삶이 변화되는 특이점. 최근에는 인공지능이 인간의 능력을 넘어서는 기점을 뜻하는 용어로 통용된다 – 옮긴이)가 실현되어 인공지능이 세상을 지배할 것이라는 언설 또한 이런 로고스적 사고에 기인한 것이라고 생각합니다.

인공지능은 갑작스럽게 등장한 존재도 아닐뿐더러, 그저 컴퓨터의 계산 능력이 향상된 것에 지나지 않습니다. 순간적으로 다량의 데이터를 취급하면서 확률적으로 어느 것이 최적인지를 가공할 만한 속도로 계산할 수 있게 되었을 뿐인데요. 장기나 바둑에서 인공지능이 인간을 이기는 것은 당연하다고 생각해요.

저는 인공지능을 활용해 택시가 자동운전을 하거나 원하는 물건을 바로 받아보는 등의 편리를 추구하는 상황에 대해 이의를 제기하는 것이 아닙니다. 다만 인간 두뇌의 사고 패턴을 그대로 알고리즘으로 치환할 수 있다는 건 지나치게 나이브naive('순진한', '천진난만한'이라는 뜻의 영어 단어-옮긴이)한 생각 같아요.

사카모토 나이브하다는 표현이 딱 맞네요.

인공지능은 정답이 유일하다고 판단하는데, 오직 하나의 정답만이 존재하며 나머지는 틀렸다는 건 음악, 예술 그리고 생명에도 적용되지 않습니다. 늘 오류와 실패를 반복하면서도 앞으로 나아가는 것이 생명이니까요.

후쿠오카 맞아요. 파괴하면서도 나아가는 것이 생명이죠.

사카모토 그런 에러를 일으키면서도 나아간다는 것을, 정해진 규칙 안에서 명료하게 승부를 가리는 인공지능으로서는 이해하기 어렵겠죠. 인공지능이 음악이나 예술, 생명과 우주 같은 영역을 진정으로 이해할 수는 없을 겁니다.

후쿠오카 생물학자 중에서도 인공지능에 가까운 사고방식에 골몰하는 사람들이 있습니다. 생명의 역사를 대개 38억 년 정도로 보는데, 그들은 38억 년 전과 똑같은 대기를 조성해 습도, 온도 등의 초기조건을 동일하게 세팅하면 진화의 역사가 생명 탄생의 순간부터 고스란히 재현될 것이라고 믿죠. 그야말로 인공지능적 사고인데, 특정 조건을 부여하면 거기에 대응하는 알고리즘이 작용한다는 생각이에요.

사카모토 위험한 생명관, 세계관이네요.

후쿠오카 정말 그렇습니다. 조금 전 사카모토 씨가 말씀하신 대로 진화는 에러의 반복으로, 특별히 우수한 것, 강한 것이 살아남았다기보다 우연히 변화한 것이 살아남았을 뿐입니다. 그 변화 방식도 우발적일뿐더러 스스로 파괴하는 데다가 구태여 불안정성을 만들어가며 나아가는 것이므로 전혀 알고리즘적이지 않습니다. 그러니까 동일한 초기조건이 주어져도 생명이 발생할지는 알 수 없고, 발생한다 한들 지금까지와 똑같은 진화 과정을 거치진 않을 거예요. 절대 동일한 현상이 일어나진 않을 겁니다.

사카모토　시시각각 무수히 많은 돌연변이 현상이 발생하고 있고, 그 시기에 무엇이 진화의 대상으로 선택받을지는 그 생물이 살아가는 환경이나 거기에 살고 있는 다른 생명체의 활동과도 무관하지 않으니까요.

후쿠오카　맞습니다. 상호 피드백이라는 게 있잖아요. 진화라는 건 주어진 조건이 아니라 그 생물이 다른 생물, 그리고 환경과 상호작용하며 만들어낸 것에 의해 일어나는 변화입니다. 단순한 코즈 앤드 이펙트cause&effect(원인과 결과)의 관계가 아니라는 거죠.

사카모토　코즈 앤드 이펙트는 말 그대로 영어적인, 반복적 벽돌쌓기 같은 사고방식입니다. 하지만 실제 세상은 그렇게 이뤄지지 않았을 거예요.
　　인공지능으로 대표되는 알고리즘적 사고는 로고스의 벽돌을 쌓아 가상 세계라는 벽을 구축하고 그 안에 틀어박히려는 듯한 인상을 줍니다. 그러나 그건 환상이죠. 경제

역시 마찬가지예요. 인간의 뇌가 생각한 가상의 무한을 우주의 유한성 안으로 끌고 들어와 무한하게 성장하며 돈을 벌 생각을 하고 있는 거잖아요. 정말 바보 같지 않나요.

　　후쿠오카　　알고리즘적 사고의 함정이죠.
　　언젠가 자연재해 같은, 거대한 카타스트로피catastrophe (재앙을 뜻하는 영어 단어로 급격하고 현저한 변화를 가리키기도 한다―옮긴이)가 일어나면 쌓아온 벽돌이 무너지는 것을 목격하게 될 텐데, 바로 그 자리에 다시 벽돌을 쌓아 올릴 만큼 어리석은 것이 인간이니까요. 아까 말씀하신 대로 인간의 뇌가 그런 경향을 지닌 것 같아요.

　　사카모토　　로고스적이지 않은, 다른 방식의 사고가 불가능하죠.
　　실제로 지금 우리가 나누는 대화만 해도, 언어라는 분단과 고정화의 도구를 사용해 서로의 생각을 주고받을 수밖에 없으니까요.

　　후쿠오카　　그것이 큰 딜레마인데, 우리는 그러한 모순을 안고 소통할 수밖에 없습니다. 문제는 언어와 로고스의 속박으로부터 우리 본연의, 피시스로서의 모습을 어떻게 회복해나가느냐는 것이죠.

사카모토 언어학자 노암 촘스키는 생성문법生成文法(언어는 무한한 수의 문장을 지배하는 한정된 수의 규칙으로 이루어지며, 이 유한한 수의 규칙이 곧 문법이라는 이론-옮긴이)이라는 사고법을 제창하며 인간의 뇌에서는 발육에 따라 모종의 형성이 이뤄진다고 주장했습니다. 그렇다면 인간은 로고스의 속박에서 쉽게 돌아올 수 없다는 것인데, 역시 우리가 보고 있는 것이 진짜 자연이 아니라는 걸 끊임없이 인식하는 것밖에는 방법이 없을지도 모르겠어요.

후쿠오카 인간이라는 어리석은 존재가 과연 진보하긴 하는지 알 수 없지만, 사고하는 것만큼은 포기하지 않을 생각입니다.

사카모토 인간 외의 생물에게 배우는 것이 참 많아요. 가령 나무의 본모습을 떠올려보면 그 나무만 단독으로 존재하는 것이 아니잖아요. 늘 토양과 대기, 곤충과 미생물 등의 주변 환경과 상호작용하며 성장하고, 스스로 잎을 무성히 길러내 대지가 양분으로 삼을 수 있도록 낙엽을 제공합니다. 나무처럼 환경에 둘러싸인 채, 스스로도 환경을 품어가는 상호작용적 문명 또한 가능하지 않을까요?

물론 어려운 일일지도 모르지만, 호모 사피엔스라는 종은 기껏해야 20만 년 정도밖에 되지 않은, 아직 종으로서 미숙한 존재라고 생각합니다. 생물학적인 시간으로 보면 불과 얼마 전까지 수렵과 채집을 하던 것이나 마찬가지고, 산업혁명이 일어난 지도 고작 200년 정도밖에 되지 않았어요. 제가 생물학 전문가는 아니지만 생물의 종은 평균적으로 약 100만 년쯤 살지 않을까 싶은데, 그렇게 보면 인류는 아직 갓난아기에 불과한 데다 지혜도 얕은 생물인 거죠.

이처럼 의식은 미성숙한데도, 인간 한 명이 지구에 주는 부담은 산업혁명 이후 급격히 증가하고만 있어요. 앞으로도 인간은 지금처럼 환경을 과도하게 변화시키며 스스로 목을 조여갈지 모르지만, 한편으로는 아직 성장할 여지가 있다고 볼 수도 있지 않을까요.

내적인 피시스를 깨닫다

후쿠오카　시그널로 추출된 것이 아닌, 노이즈 본연으로서의 피시스의 장소에 닿으려면 우선 객관적인 관찰자의 태도를 버리고 내부 관찰자로서 피시스의 노이즈 속에 들어가야 한다고 생각합니다. 어떤 의미로는 무척 개인적인 체험이죠.

웍스퀼의 아내가 웍스퀼에 대해 쓴《야콥 폰 웍스퀼: 살아간 세계, 만들어낸 환경ヤーコブ・フォン・ユクスキュル─生きた世界、造った環境》에 무척 인상적인 내용이 나오는데, 그 대목을 하나의 예시로 소개하고자 합니다.

하이델베르크의 숲을 산책하다 한 그루의 멋진 너도밤나무를 본 적이 있다. 나는 걸음을 멈춘 채 멍하니 그 앞에 서 있었다. 그러자 갑자기 하나의 인식이 떠올랐다. 이것은 한 그루

의 너도밤나무가 아니다. 나의 너도밤나무다. 내가 내 감각
과 지각에 의해 이 멋진 너도밤나무의 모든 세부를 지금, 구
성한 것이다.

《동물의 환경과 내적 세계動物の環境と內的世界》

마에노 요시히코 옮김, 2012년

윅스퀼은 '이것은 한 그루의 너도밤나무가 아니다. 나
의 너도밤나무다'라는 사실을 깨닫습니다. 서양적 관찰자
의 태도를 버리고 노이즈로서의 피시스 속에 들어간 순간
으로, 그야말로 윅스퀼 자신의 움벨트를 느끼고 깨달았다
는 얘기죠. 다만 근대과학에서는 이런 사고방식을 좀처럼
인정하지 않습니다.

사카모토　우리 인간은 진화 과정, 혹은 문명에 의해
윅스퀼처럼 자연현상을 온전히 받아들이기 어려운 둔감한
동물이 되어버렸어요. 과거 사람들, 예를 들어 옛날 어부들
은 그날 날씨를 보고 '내일은 비가 온다' 같은 자연의 목소
리를 들을 줄 알았을 거예요. 하지만 대부분의 현대인에게
는 더 이상 그런 능력이 없죠.

지금 하신 윅스퀼 얘기를 듣는 순간 바로 연상이 됐는데요. 이건 양자론적인 관측자와 오브제의 관계라고도 볼 수 있습니다.

보는 것에 의해 보이는 것 또한 변화하는 것이죠. 감성이라고 표현할 수도 있을 것 같은데, 일단 자신이 마치 자연 외부에서 자연을 관찰한다고 여기는 인식의 틀 자체가 잘못된 것이잖아요.

제가 자주 하는 생각이 하나 있는데요. 우리가 사는 뉴욕이나 도쿄 같은 대도시의 높은 빌딩들은 하나같이 단단하고 튼튼한 유리로 자연을 차단하고 있고, 내다보이는 것도 대부분 인공물입니다. 명목상 구색 맞추기 수준의 나무들만 심겨 있지만, 정작 인간인 나 자신은 만들어진 것이 아니라 나무와 다름없는 자연 그 자체라는 거예요. 나와 제일 밀접한 자연은 바다나 산 따위가 아닌 나 자신의 신체죠.

후쿠오카　맞습니다. 인간도 자연 생명체이자 자연물이니까요.

사카모토　나 자신이 자연이라는 걸 깨닫고 난 후부터는 항상 그 사실을 의식하게 됐어요. '내 신체는 자연물이라 통제할 수 없다. 매일 변화하는 것이 당연하며 감기도 걸리고, 병도 걸리고, 태어났으니 죽을 테고, 이윽고 붕괴할 것이다.'와 같은 생각이야말로 절대적으로 엔트로피 법칙을 따르고 있는 것 아닌가요?

후쿠오카 그렇죠. 맞습니다.

사카모토 그런데 과연 이걸 의식하는 사람이 얼마나 될까요. 마치 자신도 인공 공간에서 태어나고 자란 듯한 감각으로 생활하고 일하는 사람도 아주 많은 것 같아요.

후쿠오카 맞아요, 스스로 신체를 제어할 수 있다고 믿는 거죠. 사실 우리는 피시스인 자기 신체에 로고스가 침범하지 않도록 주의를 기울여야 하는데 말이에요. 로고스는 피시스를 통제하고자 하니까요.

사카모토 인간이라는 생물에게는 엔트로피의 법칙에 저항해 붕괴하지 않고자 애쓰는 면이 있어요.

인간은 도시의 풍경을 가득 메우고 있는 듯한, 매우 반자연적인 인공물들을 만들어낼 뿐 아니라 만들어낸 인공물이 최대한 붕괴해서는 안 된다고 생각하죠. 붕괴라 함은 부서져 자연물로 돌아간다는 것인데, 그걸 거부하며 가능한 한 오래 유지하고 싶다고 저항하는 겁니다. 하지만 엔트로피 법칙의 힘은 강력하기 때문에, 아무리 저항해도 언젠가는 붕괴하며 그걸 피할 수는 없어요. 그럼, 일단 자기가 살아 있는 동안만이라도 유지하길 원하죠.

이런 저항 방식이 인간이 세계를 인식하는 방법이랄까, 버릇 같은 것의 기저에 존재하는 듯해요. 인간은 이런 식의 저항을 약 20만 년간 꾸준히 반복해왔죠.

후쿠오카　사카모토 씨는 로고스의 벽돌을 쌓아 올리는 방식을 취하지 않고, 무엇이 올지 예측할 수 없는 반알고리즘적인 음악 작품을 만들고 계시잖아요. 그런 식으로 로고스와 피시스 사이에서 갈라지고 찢겨가며 과하게 로고스에 치우친 것들을 피시스로 되돌려 놓으려는 시도를 계속하는 자세가 중요하다고 생각해요.

사카모토 애초에 언어로 표현할 수 없는 세계가 있기 때문에 음악을 하는 것이거든요. S인 사운드나 N인 노이즈가 아닌 M, 뮤직이 필요하다는 건 '시적(poetic)'이라는 것과도 일맥상통한다고 보는데, 어떤 유의 예술이든 말로 표현할 수 없는 부분이 중요하다고 생각합니다.

한 예로, 제가 함께 작업했던 영화감독 베르나르도 베르톨루치는 영화 속에서 '시적인 것'을 많이 추구하는 사람이었어요. 〈1900년〉(1976)처럼 정치적 소재를 다룬 영화에서도 영상 속에는 빛과 그림자라는 '시'가 가득하죠. 정말 근사합니다.

음악의 기원은 어디에 있는가

후쿠오카　지금 그 얘기를 듣고 보니 문득 머릿속에 음악의 기원은 대체 어디에 있을까, 하는 의문이 떠오릅니다. 사카모토 씨는 어떻게 보시나요.

사카모토　저는 10대 시절에 줄곧 음악의 기원이 어디에 있을지 생각했었는데요. 무척이나 어려운 문제입니다. 참고로 인간과 가장 비슷하다는 고릴라나 침팬지의 경우 소리를 내기는 하지만 그건 어떤 신호 같은 것일 뿐, 순수한 놀이로서의 음악적 행동은 하지 않는다고 하더군요.

　음악의 기원과 악기의 기원은 가깝거나 같을 수도 있어요. 악기의 기원이 어느 시점을 칭하는지는 모르겠지만 피아노가 그렇듯, 악기를 만든다는 건 자연의 개조라 할 수 있죠. 예컨대 근처에 떨어져 있던 사슴 뼈 같은 걸 건조해

서 불다가 인공적으로 구멍을 내면 그야말로 자연을 개조하는 것이잖아요.

뼈에 구멍을 하나 뚫어서 불어본다, 두 개 뚫어봤더니 또 다른 소리가 나고, 구멍을 여기 냈을 때가 더 좋더라, 기분이 좋다, 이런 식으로 여기저기 구멍을 뚫다 보니 뼈에 다섯 개 정도 구멍을 냈다, 그렇게 구멍 뚫은 동물 뼈를 동굴에서 불어봤는데 느낌이 아주 좋아서 다 같이 가서 불어보기로 했다. 이런 일이 반복됐을 거라는 건 쉽게 상상할 수 있죠.

인간은 왜 이런 식으로 자연의 개조를 욕망하는가, 바로 여기에 로고스의 시작이 있을지도 모른다는 생각이 드네요. 이에 대해 저는 아는 바가 없습니다. 후쿠오카 씨의 생각을 꼭 들어보고 싶어요.

후쿠오카 앞서 사카모토 씨가 말씀하신 대로 우리는 문명 혹은 문화의 힘으로 수많은 인공물을 만들어 거기에 둘러싸인 채 살고 있습니다. 그 안에서 가장 친숙한 자연물이 다름 아닌 우리 자신의 생명이라는 사실은 음악의 기원과 어딘가 맞닿는 부분이 있는 것 같습니다.

생물학적 관점으로는 음악의 기원이란 마치 새가 구애

행위를 하듯 울어서 커뮤니케이션하는 것이 나아가 노래가 되고, 이윽고 음악이 되었다고 보는 의견이 많은데요. 저는 꼭 그렇다고는 생각하지 않습니다.

왜냐하면 인공물에 둘러싸여 사는 삶 속에서도 끊임없이 소리를 발생시키는 존재, 그러니까 우리 자신이라는 생명체가 있으니까요. 심장은 일정한 리듬으로 박동하고, 호흡에도 내쉬고 들이마시는 일정한 리듬이 있죠. 뇌파 또한 일정한 폭으로 진동하며, 섹스에도 율동이 있습니다. 이런 식으로 생명은 살아가는 동안 끊임없이 소리, 음악을 발생시키고 있어요.

그러나 로고스에 의해 도려진 우리의 세상 속에서는 생명체 당사자인 우리조차 자연물의 일부로서 살아가고 있다는 걸 망각하기 쉽습니다. 그러다 보니 외부에 음악을 만들어 내부의 생명과 공진할 수 있도록, 자연물로서 살아가고 있음을 상기시키기 위한 장치로서 음악이 탄생한 것이 아닐까 생각합니다.

사카모토 굉장히 로맨틱하고 흥미로운 발상이네요. 지금 이 이야기와도 어느 정도 관련이 있을 것 같은데,

조금 전 언급했던 존 케이지가 주위에서 반사되어 들리는 소리가 없는 무향실無響室에 들어간 적이 있어요. 그 방에 있으면 당연히 어떤 소리도 귀에 들리지 않습니다. 그런데 존 케이지는 두 가지 소리가 들린다는 걸 깨달아요. 방에서 나와 그것이 무슨 소리였는지 확인해보니 높은 소리는 자신의 신경회로 소리, 낮은 소리는 혈류 소리였습니다.

후쿠오카   그야말로 음악의 기원이네요.

사카모토   아마 수백 년이 넘는 시간 동안 작곡은 2차원의 좌표에 별처럼 소리를 수놓아 예쁜 별자리를 만드는 일로 여겨졌을 거예요. 하지만 지금 우리가 나눈 대화는 이런 방식을 다 버리고, 자기 안에 있는 풍성한 음악에 귀를 기울여보자는, 또 하나의 체험에 관한 얘기가 아닐까요?

인공물에 둘러싸여 있을 때도 제가 자연에 속해 있다는 생각을 항상 되새기는 것은 존 케이지의 이 에피소드가 기억에 남아 있기 때문일지도 모릅니다. 어쩌면 그곳이 음악의 원점이자 잘못된 방향으로 발을 내딛는 분기점, 부정형 상태의 바로 그 지점일지도 모르겠네요.

PLEASE
STOP
FOR
CLEARANCE

PART 2. 록펠러대학교에서

원圓환環하는 음악, 순환循環하는 생명

후쿠오카 박사의 연구원 시절

후쿠오카 〈PART 1〉의 대담에서는 주로 음악을 테마로 별자리와 그 배경의 별들, 혹은 그 실상을 어떻게 파악할 것인가에 관한 이야기를 나눠봤습니다. 이는 우리 두 사람이 가진 공통의 문제의식이라 할 수 있는데요. 오늘은 생물학 분야에서 제가 생각하고 고민해온 것들을 사카모토 씨와 나눠보고 싶습니다.

사카모토 저도 꼭 얘기해보고 싶어요.

이곳 록펠러대학교는 최근 몇 년간 후쿠오카 씨가 업무의 거점으로 삼고 있는 직장이잖아요. 지금까지 후쿠오카 씨와 자주 이야기를 나눴지만, 실은 어떤 연구를 하고 계시는지 자세히 들은 적이 없어요. 오늘 좀 알려주시겠어요?

순환하는 음악, 순환하는 생명

후쿠오카 네, 좋습니다.

저와 록펠러대학교의 첫 인연은 약 30년 전으로 거슬러 올라갑니다. 이공계 학생들은 대학에서 4년, 대학원에서 5년을 보내고 나면 훌쩍 20대 후반이 되어버리는데요. 제대로 한 사람 몫을 하려면 그 후에 포닥, 즉 포스트 닥터(임기가 정해진 연구원)라는 수업修業 기간을 거쳐야 합니다. 제가 포닥에 지원하던 1980년대 말만 해도 '일본에는 포닥 제도가 없으니 일단 외국에 나가서 수료하고 와라'라는 분위기가 있었어요. 그때는 아직 메일도 인터넷도 없던 시절이라 '저를 좀 받아주십시오'라는 내용의 편지를 해외 대학 여기저기에 보냈죠. 워낙 전 세계에서 그런 편지들이 날아오다 보니 그냥 버려지는 일도 다반사였는데, 마침 록펠러대학교에 받아주시겠다는 교수님이 계셨어요. 그래서 봇짐 하나 메고 뉴욕에 온 거죠. 뭐, 실제로는 여행용 가방 두 개 정도의 짐이 있었지만요.

사카모토 록펠러대학교에 지인이라도 있으셨나요?

후쿠오카 아뇨, 전혀 없었습니다. 마침 운 좋게 자리

가 났고, 절 거둬주신 거죠.

당시에는 3년 정도의 포닥 기간을 거치는 것이 일반적이었는데요. 기껏 뉴욕까지 건너와서는 자유의 여신상이나 엠파이어 스테이트 빌딩 한번 못 가보고, 그저 허름한 아파트와 대학교만 왕복하며 지냈습니다. 그도 그럴 게, 당시의 포닥은 요즘 말하는 악덕 기업에 다니는 것과 다를 바가 없어서 아침부터 밤까지 그야말로 낡은 걸레짝처럼 혹사를 당했어요. 게다가 저는 일본인이라 언어적 한계, 문화의 장벽도 있었으니 어느 정도 일을 처리할 깜냥이 된다는 걸 오로지 스스로 부딪쳐 증명해야만 했죠. 그렇게 죽어라 밤낮으로 일해도 엄청난 박봉이라 최소한의 생활비를 제하고 나면 남는 것이 하나도 없었습니다.

사카모토 후쿠오카 씨에게도 그런 시절이 있었군요.

후쿠오카 당시의 저는 아직 아무것도 아닌 '노바디 nobody'에 불과했고, 정신적으로도 경제적으로도 전혀 여유가 없었습니다. 그래도 이제 와 생각해보면 좋아하는 연구에만 몰두할 수 있던 그때가 인생 최고의 호시절이었던 것 같아요.

　그 후 세월이 흘러 객원교수 자격으로 이 학교에 돌아올 기회를 얻었습니다. 전에 비하면 정신적으로도 경제적으로도 어느 정도 여유가 생겼으니 조금은 느긋하게 생물학을 다시 들여다보자는 마음으로 지내고 있어요.

　사실 저는 분자생물학이라는 로고스의 극치에 가까운 연구를 계속해왔거든요. 한마디로 기계론적인 생물학에 푹 빠져 있던 사람이에요.

　사카모토　그렇지만 그건 어디까지나 기초학력 같은 것이니, 그 과정을 거치지 않고는 더 앞을 내다볼 수가 없잖아요.

　후쿠오카　그렇습니다. 전에 말씀하셨던 것처럼 그 산에 올랐을 때 비로소 그다음 풍경을 볼 수 있는 거니까요.

　사카모토　일단은 올라봐야 한다는 거죠.

　후쿠오카　그렇다고 제가 대단한 발견을 한 것은 아

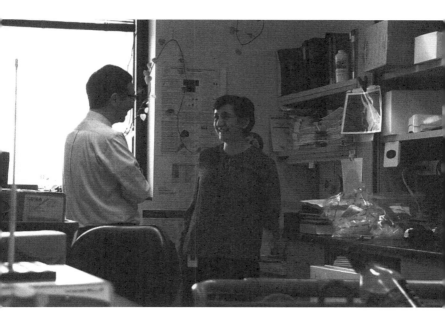

니지만, 세포를 찢고 뭉개고, 쥐를 해부하면서 하나하나의 유전자에 이름을 붙이는 지난한 작업을 계속한 결과, 몇 가지의 작은 발견을 할 수 있었습니다. 그러나 약 10년 전쯤 문득 떠오른 생각이 있어서, 로고스의 생물학으로부터 방향을 전환하게 되었죠.

생물학은 20세기에 들어서며 바이러스의 실체 등 이런저런 정보를 검출할 수 있게 되었는데, 그러다 보니 생물을 지나치게 정보로 인식하고 있다는 자각이 들었어요. 이것이 지금까지 이어지고 있는, 제가 가진 문제의식입니다.

세계를 쪼개고 쪼갠 끝에는 무엇이 있을까

후쿠오카 오늘은 재밌는 걸 하나 가지고 왔습니다.

췌장 세포의 현미경 사진인데요(112쪽). 생물학을 거의 배운 적 없는 학생에게 '이것을 스케치해보세요'라고 하면 어느 것이 세포인지 몰라서 제대로 옮겨 그리지를 못해요.

사카모토 제가 봐도 모르겠어요. 이 사진에 찍힌 걸 어떻게 선을 그어 나눠야 할지도 모르겠고, 흐릿한 느낌이라 어디까지가 하나의 세포 단위인지 확실하지 않은 부분도 여기저기 보이네요. 세포는 어떤 막 같은 것에 싸여 있다고 생각했는데, 이 사진을 봤을 때는 그런 뚜렷한 테두리 같은 건 찾기 어렵군요.

후쿠오카 맞습니다. 원래는 지질이중막 구조라고 해

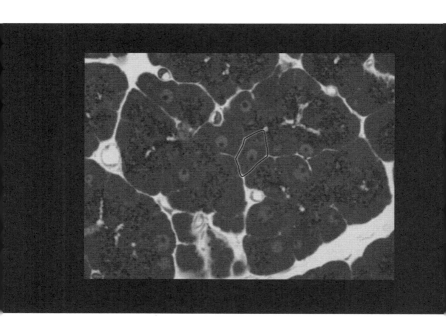

서 얇은 막으로 싸여 있는데요. 그건 눈에 안 보여요. 굉장히 얇은 부분이라 확실히 딱 끊겨 있는 곳은 세포와 아닌 것의 경계를 확인할 수 있지만, 그렇지 않은 곳은 연결되어 버리죠.

설명을 먼저 드리면, 이 사진 속에 테두리가 쳐진 부분이 하나의 세포이고 둥그렇게 색이 빠져 하얗게 보이는 곳이 세포핵인데, 바로 여기에 DNA(데옥시리보핵산)가 담겨 있습니다. 이 현미경으로는 이 이상 자세히 확인할 수 없지만, 여기저기 점처럼 보이는 것이 다량의 소화 효소를 만들어 모아놓는 분비과립, 희미한 부분이 골지체와 소포체가 있는 곳입니다. 이런 식으로 하나하나 이름을 붙여나가지 않으면 거기에 있는 걸 보는 일조차 불가능하죠.

사카모토 그렇군요.

후쿠오카 이 사진에 찍힌 것이 뭔지 잘 몰랐던 학생들도 1년 정도 강의를 들으며 세포의 구조를 공부하면 누구든지 사진만 보고 교과서에 나오는 것과 같은 세포 구조도를 제대로 그릴 수 있게 됩니다. 그러면서 처음 이 사진을 봤을 때 느꼈던, 이름 없는 구조가 이 세포 안을 뿌옇게 채우고 있는 듯한 답답한 느낌은 더 이상 받지 않게 되죠.

여기에서는 사진 속 세포가 파란색으로 보이지만 원래 세포는 색을 띠지 않기 때문에 인공적으로 농담을 줘서 이렇게 보이도록 만든 겁니다. 이런 식으로 다양한 가공이 이뤄졌을 때 비로소 우리의 인식이 성립하죠.

사카모토 여기에서 마이크로의 영역까지 한 발 더 들어가 힉스입자 같은 양자적 세계를 보려고 하면 그런 가공이 더 많이 필요해지겠네요.

후쿠오카 그렇습니다. 수없이 관측을 거듭해 '노이즈 속의 노이즈 속의 노이즈 속'에서 어떻게든 작은 시그널을 발견해내는 거죠. 이런 식으로 또 새로운 별자리를 찾아내고자 노력하는 겁니다.

사카모토 이론적 예측을 토대로 그걸 어떻게든 확인하고자 노력하기 때문에 언젠가는 보이기 시작한다는 뜻이군요.

후쿠오카　네. 저도 생물학자로서 끊임없이 보고자 애쓰며 세상을 쪼개고 또 쪼개왔는데요. 앞서 말씀드렸다시피 10년 전쯤, 앞으로도 계속 이렇게 해나간다고 가정할 때 과연 어디에 이르게 될 것인가 고민하기 시작한 겁니다.

로고스로 동적평형을 설명하다

후쿠오카　앞서 사카모토 씨가 명사를 쓰지 않는 실험을 했던 경험을 말씀해주셨는데요. 사실 저도 10년쯤 전에 생물학을 좀 더 통합적으로 바라보기 위해 명사를 쓰지 않고 명사와 명사 사이의 작용을 기술할 방법이 없을까 고민한 적이 있습니다. 이를테면 강물의 흐름과 구름의 움직임을 강과 구름이라는 단어를 쓰지 않고 흐름과 움직임만을 설명하려는 시도였는데, 그때 두 가지를 생각했습니다.

　하나는 세포를 찢고 뭉개고 쥐를 해부하는 일은 이제 젊은 학자들에게 맡기고 저는, 다소 멋진 척하는 표현을 쓰자면 '사상가thinker'로서 깊이 사유해보자는 것이었습니다. 다른 하나는 강이나 구름 같은 요소에 이름 붙일 것이 아니라, 생명현상이 지닌 흐름 그 자체를 요소와 요소의 작용으로서 설명하는 새로운 표현을 만들어야겠다는 것이었죠. 그래서 '동적평형' 개념을 떠올렸고, 이를 조금 더 정밀화하여 일종의 수학적 모델로 만들 수 없을까 계속 고민해 왔습니다.

사카모토   후쿠오카 씨가 말씀하시는 동적평형은 기계적이고 딱딱한 세계관의 질서가 아니라 항시적으로 외부에서 유입되는 에너지가 있는, 늘 움직이고 있고 상태가 변화하는 '산일구조散逸構造'에 가깝죠.

후쿠오카   산일구조는 비평형 개방계의 질서 시스템으로 벨기에의 물리학자 프리고진이 이론화했고, 이 이론으로 노벨화학상을 수상하기도 했습니다. 스스로 질서를 만들어낸다는 점에서 동적평형과 유사하죠.
   다만 산일구조로는 시간의 흐름이랄까, 시간이 어디에서 생성되는지를 제대로 설명할 수가 없어요. 또한 산일구조는 일정 질서를 자동으로 만들어내지만 생명이 그 안에 쌓인 엔트로피를 어떤 방법으로 버리는지 전부 설명하지는 못하죠. 그래서 산일구조가 제대로 설명하지 못하는 부분에 집중해, 동적인 균형이 끊임없이 파괴되고 생성되는 모

델로서 동적평형을 구축할 방법이 없을지 이론적인 고찰을
해보려 한 것입니다.

사카모토 굉장합니다. 그런 연구라면 프리고진을 뛰
어넘겠는데요.

후쿠오카 아뇨, 아닙니다. 현실적으로는 실현이 상
당히 어려우니까요. 로고스에 둘러싸인 미국 연구자들도
이해할 수 있도록 동적평형을 이론화시키는 것이 제 '야망
ambition'입니다.

사카모토 로고스로 설명하지 못하면 뉴에이지New
Age(20세기 후반에 나타난, 새로운 시대적 가치를 추구하는 영적인 운동
을 말한다-옮긴이)의 세계가 되어버리니까요. 미국 과학자 중
에도 뉴에이지라고 일컬어지는 사람들이 있지만, '요즘 그
사람, 뉴에이지가 다 됐던데'라는 평가를 듣지 않으려면 로
고스적 이해로도 납득할 수 있는 형태를 만들어야 하잖아
요. 그들을 이해시키려면 로고스라는 공통 언어를 쓸 수밖
에 없죠.

후쿠오카　바로 그거예요. 피시스와 로고스의 대립에서 느닷없이 피시스 쪽으로 가버리면, 뭐랄까, 오컬트적으로 접근하는 분위기가 되어버리니까요. 세계는 항상 진동하고 있다는 식의 '뉴에이지스러운' 느낌은 지양하고 싶어요.

사카모토　그들은 '세계는 곧 파동이다' 같은 주장을 하죠. 그런 표현을 쓰면 영적인 계열이라는 평가를 받게 되고요.

후쿠오카　로고스로 설명한 결과, 그런 결론이 난 것이라면 상관없겠죠.

다만, 문제에 접근하는 모델이 기존의 로고스여서는 안 됩니다. 역시 먼저 로고스를 파괴하고 해상도 높은 새로운 언어로 피시스에 접근해야 한다고 생각합니다.

과학사에 남을 조작 사건

후쿠오카   동적평형의 이론화 외에 또 하나 제가 힘쓰고 있는 프로젝트가 있는데요. '인간은 왜 항상 피시스 속 로고스를 보게 되는가'에 관한 연구입니다.

과학계에서 일어나는 조작 사건들이 좋은 예죠. 일본에서도 'STAP 세포 사건'이 있었지만, 그보다는 미국 코넬대학교에서 일어난 '스펙터 사건'이 단순히 승진이나 상사의 인정을 원해서, 혹은 연구 자금이 필요해서 같은 이유가 아닌, 세상을 보는 방식이 어떻게 한 인간의 인식을 규정하는가에 관한 깊이 있는 화두를 던진 대단히 상징적인 사건이라고 생각합니다.

스펙터 사건은 당시의 과학계를 뒤흔든 희대의 스캔들이었는데, 조작을 저지른 본인이 도주하는 바람에 그의 진짜 의도를 알지 못한 채 어느새 잊혀버렸죠.

사카모토　그 사건이 일어난 것은 언제쯤인가요?

후쿠오카　지금으로부터 40년 전쯤, 1980년경입니다. 제가 아직 학생이던 시절이죠. 저는 그 사건을 접하고 엄청난 충격을 받았습니다. 저도 언제든 같은 일을 저지를 수 있다는 사실을 절감했기 때문입니다. 그래서 제 나름대로 조사해보았습니다.

연구를 조작한 사람은 마크 스펙터라는 대학원생 청년이었습니다. 그가 소속된 연구실의 지도교수는 발암 이론의 대가 에프라임 래커였는데요. 래커는 암이 발생하는 데는 최초의 계기가 존재하며 캐스케이드cascade('작은 폭포'라는 뜻의 영어 단어-옮긴이), 그러니까 여러 단계의 폭포수가 떨어지듯 잘못된 정보가 점점 넓게 퍼진다는 이론을 재창했습니다. 캐스케이드란 정보 전달 방식을 비유한 것인데, 이때까지만 해도 이건 단순한 이론에 지나지 않았죠.

이 이론을 입증한 사람이 바로 이제 막 연구를 시작한 스펙터였습니다. 연구실에서 우왕좌왕하기 바쁜 신참이었죠. 연구실에 소속된 지 한 달밖에 안 된 시점에 그는 캐스케이드 이론을 뒷받침할 엄청난 데이터들을 연이어 내놓았습니다. 원래 세포에서 단일 단백질만 추출해내는 것은 상당히 어려운 일이고, 저도 포스트닥터 시절에 만신창이가 되어가며 힘겹게 했던 작업인데 스펙터는 캐스케이드 이론에 관련된 약 다섯 종류의 인자를 잇달아 정제했습니다. 래커 연구실 멤버들은 자신들이 애를 써도 해내지 못한 어려운 일을 아직 신출내기였던 스펙터가 성공시키자 그를 '신의 손'이라 칭송하며 천재로 떠받들기 시작했죠.

사카모토   그렇게 다들 스스로를 납득시킨 것이겠죠.

후쿠오카   당연히 질투도 섞여 있었겠지만, 스펙터가 연구실 멤버 중에서도 유독 눈에 띄는 일벌레였다는 점도 그 기묘한 납득의 이유 중 하나였을지 모릅니다.

래커는 에를리히 복수암 세포에서는 ATP 분해효소가 인산화되기 때문에 정상 세포에 비해 세포 활동이 비효율적이 된다는 가설을 세웠습니다. 이 가설이 맞다면 ATP 분해효소는 대부분 인산화 작용을 한다는 말이 되죠. 하지만 그것을 직접적으로 확인할 수는 없었습니다.

여기서 스펙터는 쥐의 에를리히 복수암 세포 성분을 시

험관에 첨가해 그 작용을 관찰하기로 합니다. 만일 ATP 분해효소의 P(인산)에 특정 플래그가 붙어 있다면 P가 어디에서 어떻게 이동하는지를 추적해 가시화할 수 있으니까요. 스펙터는 인산화 반응에 의해 P가 전이되는 것을 보여주어 래커의 가설을 증명했습니다. 그러자 전 세계 사람들은 굉장한 업적이라고 경이로워하며 스펙터가 래커와 함께 노벨상을 받는 건 기정사실이나 마찬가지라고 입을 모으기 시작했죠.

사카모토   스펙터는 탁상공론에 지나지 않던 은사의 이론을 증명해준, 그야말로 잔다르크 같은 존재였겠네요.

후쿠오카   그렇습니다. 래커 교수는 무척 기뻐했고, 논문의 첫머리에 '천공의 성에 건축학의 룰은 필요 없다'라는 글을 썼습니다(웃음). 영국의 작가 G.K.체스터튼의 말을 빌린 것이죠.

사카모토   논문에 그런 문학적인 표현을 쓰기도 하는군요.

후쿠오카　본인의 이론이 너무도 아름다운 이데아였기 때문에 래커는 그것이 완벽히 증명됐다는 고양감을 억누를 수 없었을 겁니다.

로고스에서 넘쳐흐른 피시스의 형태

후쿠오카   그런데 스펙터가 증명한 래커의 캐스케이드 이론을 바탕으로 다른 사람들이 추가 시험을 해봤더니 아무도 성공을 못 하는 거예요. 시도할 때마다 이런저런 변수가 생겨 일이 잘 풀리지 않았고, 오직 스펙터가 도와줄 때만 제대로 진행됐죠.

그런데도 다들 '스펙터가 실험의 천재라서 그렇다, 아무나 쉽게 할 수 없는 것이 당연하다'라고 생각했어요. 그러나 결국 래커, 스펙터와 함께 연구를 진행하던 볼커 보그트라는 사람이 스펙터의 데이터 조작을 발견하게 됩니다.

그 또한 스펙터의 실험을 재현하지 못한 연구자 중 한 명이었죠. 물론 실험을 하다 보면 성공할 때도 실패할 때도 있지만, 보그트는 도저히 석연치 않아 스펙터의 실험에 의문을 품고 있었습니다.

스펙터가 연구실을 비운 사이, 보그트는 스펙터의 실험대 위에 얇은 판 형태의 폴리아크릴아마이드 겔이 여러 장 겹쳐 있는 것을 발견하고 충동적으로 가이거 계수기(널리 사용되는 방사선 검출기의 하나 - 옮긴이)를 가져다 댑니다. 그랬더니 무척 강력한 방사선이 감지될 때 작동하는 시끄러운 경고음이 울리면서 계수기의 바늘이 측정 외 영역으로 휙 넘어가는 거예요.

처음에는 보그트도 그게 어떤 의미인지 알지 못했습니다. 폴리아크릴아마이드 겔의 단백질 인산화에서 유래하는 방사선이 있기는 하지만, 이를 정확하게 조사·측량할 수 있을 정도로 가이거 계수기의 정밀도가 높지는 않거든요. 게다가 겔 위에는 건조되어 말려 올라가는 것을 막기 위해 무거운 유리판이 놓여 있었기 때문에 가이거 계수기를 댄다 해도 경고음이 울리지 않는 게 일반적입니다. 이상하게 여긴 보그트가 더 조사를 해보니, 그 겔에서는 인이 아니라 또 다른 방사성 물질인 요오드가 검출되었습니다. 인산화 실험에 요오드가 들어갈 리 없는데 말이죠.

사카모토　그렇게 해서 조작이 밝혀진 거군요.

후쿠오카　보그트의 발견으로 래커와 스펙터가 쌓아 올린 '천공의 성'은 와해되고 말았습니다.

래커가 스펙터를 불러 묻자 '나는 그런 적 없다', '누군 가 날 함정에 빠뜨린 것이다'라며 끝까지 조작을 인정하지 않았다고 해요. 래커는 스펙터에게 새로운 실험을 하도록 지시하고 거기에서 나온 결과를 따로 조사하겠다고 통지합 니다. 스펙터는 자신만만하게 그 제안을 받아들였으나 결 국 그대로 모습을 감추고는 두 번 다시 과학계로 돌아오지 않았어요. 래커는 스펙터를 추방했고 결국 노벨상은 찰나 의 꿈으로 끝나버렸죠.

스펙터 사건을 머릿속에서 도저히 떨쳐낼 수 없던 저 는 코넬대학교까지 직접 가서 아직 남아 있는 관계자들을 취재하며 여러 자료를 볼 수 있었습니다. 그 과정에서 스펙 터의 실험 노트도 발견했죠.

사카모토　굉장한데요.

후쿠오카　그 노트를 보면 우선 인산화된 인자들을 쭉 열거해놓고 그 분자량에 딱 맞는 기존의 시판 단백질을 구입해, 의도적으로 거기에 방사성 요오드를 라벨링함으로써 그 분자량을 지닌 인자에서 방사선이 방출되도록 조작한 내용이 나옵니다.

사카모토   그렇군요. 말하자면 범죄의 증거가 남아 있는 셈이네요.

후쿠오카   네. 그런데 그 실험은 사실 인산화 실험보다도 번거롭거든요? 스펙터가 그렇게까지 한 건 캐스케이드 이론이 너무나 아름다운 정합성을 가지고 있는 나머지 그것을 사실이라고 믿고 싶었기 때문일지 모릅니다.

사카모토   신이 설계한 아름다운 것이니 그렇게 되리라 믿었고, 그 아름다운 이론을 증명하기 위해 귀찮은 일도 마다하지 않고 매진한 거군요.

후쿠오카   로고스를 믿는 사람들 또한 모두 이 조작된 실험 결과를 믿었고요.
여기에서는 캐스케이드 이론을 예로 들었지만, 그 아

름다움은 틀림없는 진실이니 그것을 증명하기 위해서는 수단을 가리지 않겠다는 이데아 신앙, 로고스 신앙의 궁극적 형태가 드러난 사건이라고 생각합니다.

사카모토 인간의 그런 욕망은 정말이지 어둠의 심연 같아요.

후쿠오카 한편으로 재미있었던 것이, 스펙터가 데이터를 조작하면서 노트에 마치 켈트 문양 같은 소용돌이 마크를 그려놓았다는 점인데요(132쪽 노트 위쪽).

사카모토 이건 동적 구조 아닌가요?

후쿠오카 이걸 본 순간 스펙터가 노트에 조작의 기록을 엮어가는 동안 머릿속에서는 음악이 흐르고 있던 것 아닐까, 콧노래를 부르며 이걸 써내려간 것은 아닐까 하는 생각이 들었어요.

사카모토 조작이 즐거웠을지도 모르겠네요. 원래 실

Radioactive Labelling of
Polypeptides with Bolton Hunter
Reagent.

1-27-80

#	STD TO COMPARE	M.WT. DALTONS				Rx Buffer	ⓒ Buffer	
✓ R-1	65,000	B.S.A	5mg		→	1ml	.5ml	10mg
✓ R-2	53,000	GDH	.5ml 10mg/ml	→		1ml	•5ml	10mg
✓ R-3	50,000	FUMARASS	150μl at 4mg/ml = 5mg	≅600mg	→	120μl	.5ml 60μl	•3mg
✓ R-4	57,000	PYRUVATE KINASE	.5ml at 10mg 1mls/ml				.5ml	10mg
✓ R-5	43,000	OVALBUMIN	5mg				.5ml	10mg.
✓ R-6	29,000	CARBONIC ANHYDRASE	5mg				.5ml	10mg.
✓ R-7	20,000	SOYBEAN TRYPSIN INHIBITOR	5mg				.5ml	10mg
✓ R-8	14,000	RIBONUCLEASE	5mg				.5ml	10mg/
✓ R-9	12,000	CYTOCHROME -C	3mg				.5ml	10mg
R-10	40,000	ALD. BROLASE	.5ml at 10mg/ml 1ml			.5ml	10mg.
✓ R-11	100,000	Lactoperoxidase GLUCOSE OXIDASE (90,000) reagent		→	250ml Blank	2mg/

Protein Concen = 100μg/10μl = 10mg/100μl = 10mg/1ml . Use max 5mg /ml
.5 ml

Buffer = Phosphate buffer pH 8.0 (.2M ×)

React for 18 hours at 4°C

Amount of Bolton Hunter Reagent. There is 100μl in vessel.

USE 5μl to 1x protein

NEXT TIME: Dry reagent (remove benzene) before use
Remove all traces of (NH₄)₂SO₄ before attempting reaction

Gel
20ml buffer + 5μl sample are 10μl

1μl at 10mg enzyme : dilute 1:10

험이란 쉽지 않은 작업인데 이렇게 딱딱 들어맞는 데이터를 만들고 있었으니까요. 이 노트에 기록된 표는 무척 아름다워요. 스펙터는 그런 점에 쾌감을 느끼지 않았을까요.

후쿠오카 그가 작성한 여러 자료를 살펴보면 그런 쾌감이 전해지는 듯한 흔적이 노트 여기저기에 남아 있습니다.

사카모토 하지만 관점을 바꿔 보면, 무척 아름다운 2차원적 별자리를 설계하면서 손은 무의식적으로 소용돌이, 어떤 의미의 카오스를 그리고 있었다고도 볼 수 있겠네요. '도圖'와 '지地' 중 지의 부분이 무심코 손끝에서 작동했다는 식으로 생각할 수도 있을 것 같습니다.

후쿠오카 그런 점에서 무척 흥미로워요.
스펙터 사건은 인간의 인식이 로고스로 향해가는 궁극의 사례 중 하나라고 생각합니다. 저는 이 사건을 해석·분석하여 인간이 함정에 빠지기 쉬운 어떤 유의 로고스를 대극점에 놓음과 동시에 그 별자리 사이에서 끓어오르는 피시스 본연의 모습을 동적평형의 수학적 모델로, 또 다른 로고스로 표현하려는 거죠.

사카모토　이 사건이 후쿠오카 씨가 동적평형이라는 개념에 도달하는 커다란 동기가 되었다고 할 수 있겠네요.

되살아나는 파브르의 말

후쿠오카　이 밖에도 동적평형이라는 개념에 도달하게 된 이유가 몇 가지 더 있습니다.

저는 세계 최초로 GP2라 불리는 유전자를 찾아내는 작은 발견을 했는데, 이 유전자가 어떤 작용을 하는가를 밝히는 연구에 힘쓰며 오랜 시간 많은 연구비를 투자한 결과, GP2 유전자가 없는 녹아웃 마우스를 만들어냈습니다. 녹아웃 마우스란 특정 유전자를 망가뜨린 실험용 쥐인데요.

유전자를 조작해 GP2 유전자를 정밀한 외과 수술적 방법으로 제거한 쥐에게서 어떤 이상이 발생하는지 알아보고자 했던 것이죠.

사카모토　그 유전자의 부재가 어떤 현상을 일으키는지 보고 싶으셨군요.

후쿠오카   네. 기계 같은 건 부품을 빼면 당연히 고장이 나잖아요. 유전자를 조작한 쥐에게서 발생한 고장의 메커니즘을 알면 GP2 유전자의 역할을 확인할 수 있을 거라 생각했습니다. 즉, 이때의 저는 어떤 의미로 궁극의 기계론적 접근을 선택한 것이죠.

사카모토   그 쥐에서 어떤 이상이 발견됐나요?

후쿠오카   그게 말이죠, 아무 이상도 없었어요!

사카모토   역시, 그랬군요.

후쿠오카   녹아웃 마우스는 건강하게 사육 케이지 안을 뛰어다녔고 어떤 이상도 보이지 않았어요.
저희 연구팀은 초조했죠. 지나치게 기계론적 사고를 하다 보면 특정 부품을 제거하면 어떤 식으로든 반드시 고장이 날 거라고 믿게 돼요. 녹아웃 마우스의 혈액을 채취해서 온갖 매개변수를 조사했는데도 전부 정상 범위 내였습니다. 세포 현미경 사진을 비교해봐도 정상 쥐와 거의 차이

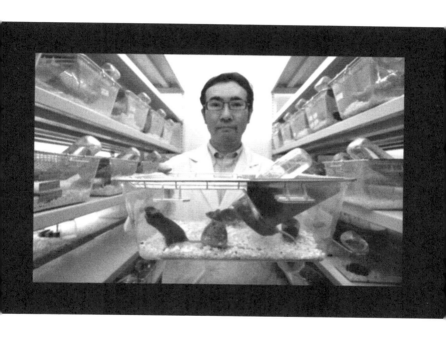

가 없었고요. 쥐의 수명이 보통 2년 정도인데 수명도 딱히 짧아지지 않고, 녹아웃 마우스끼리 멀쩡히 교배해 후세도 낳았죠. 그렇게 태어난 쥐들도 GP2 유전자가 결여되어 있었지만, 오체만족 상태로 어디에도 이상이 없었습니다.

사카모토　그렇다는 건 유전자 하나쯤 없어도 가소성이나 네트워킹이 작용하여 다른 무언가가 부족한 부분을 보충해준다는 의미인가요?

후쿠오카　그렇습니다. 다만, 개인적으로는 막대한 시간과 연구비를 쏟아붓고도 아무 데이터도 얻지 못한, 커다란 좌절의 경험이었죠.

사카모토　그래도 긍정적인 좌절 아닐까요.

후쿠오카　맞아요. 처음엔 분명 낙담했지만 마음 한구석에는 부품 하나가 빠졌음에도 아무 일도 일어나지 않은 그 가소성에 놀라야 하는 것 아닐까 하는 생각도 있었습니다. 왜냐하면, 바로 그 점이 생명을 생명답게 하는 거니까요.

사카모토　그 발견이야말로 굉장하다고 생각합니다.

에도 시대(1603~1868년 - 옮긴이)에 미우라 바이엔이라는 사상가가 있었는데, '고목에 꽃이 피는 것보다 살아 있는 나무에 꽃이 핀다는 사실에 놀랄지어다'라는 말을 남겼어요. 나무에 꽃이 피는 자연의 섭리야말로 진정 경이로운 것이란 뜻인데, 바꿔 말하면 '당연해 보이는 일들이 얼마나 기적적인가'라는 얘기죠. 후쿠오카 씨가 실험을 통해 느낀 바와 완벽히 일치하는 것 같아요.

이런 인식은 '생물이 존재한다는 것이 얼마나 큰 기적인가'라는 바울로의 말과도 연결됩니다. 바울로의 논리는 '그러므로 신은 존재한다'로 귀결되지만, 결국 신의 존재를 확신하게 할 정도의 기적이 이곳에서 일어나고 있다는 의미라고 생각해요.

실제로 이런 기적 같은 자연의 섭리가 없었다면, 과연 생명이 이 엄청난 격랑 속에서 38억 년이라는 시간을 살아낼 수 있었을까요.

후쿠오카　그렇습니다. 어떻게든 유전자적 결함이 있는 쥐에게서 비정상적인 면을 찾아내려고 애썼던 저는 그런 당연한 이치도 인식하지 못할 정도로 로고스적이고 기계론적인 생명관에 매몰되어 있던 것이죠.

하지만 녹아웃 마우스에게 아무 일도 일어나지 않는다는 사실을 알게 됐을 때, 문득 어린 시절의 저를 떠올렸습니다. 원래 저는 나비를 무척 좋아하는 '곤충 소년'이었거든요. 도쿄에서 태어나 자란 사카모토 씨도 도시 아이였으니 아실 테지만, 사실 대자연 속에서 태어났다고 해서 모두가 자연 관찰자가 되지는 않잖아요. 오히려 도시에서 자란 아이들이 자연의 정묘함을 더 경이롭게 여기는 면이 있죠.

사카모토 저도 그렇게 생각해요.

후쿠오카 그래서 그때 다시 떠올린 것이 파브르의 말이었어요. 오쿠모토 다이사부로 씨가 번역한 글의 일부를 소개해볼게요.

당신들은 곤충의 배를 가르고 있습니다. 그러나 나는 살아 있는 곤충을 연구합니다. 당신들은 곤충을 잔혹하게 대하며 혐오스럽고 불쌍한 대상으로 만들고 있습니다. 나는 곤충을

사랑스러운 존재로 여기며 연구합니다. 당신들은 연구실에서 곤충을 고문하며 갈기갈기 찢고 있지만 나는 푸른 하늘 아래에서 매미의 노래를 들으며 관찰하고 있습니다. 당신들은 약품으로 세포와 원형질을 조사하고 있지만 저는 본능적인, 가장 고도의 발현법을 연구하고 있습니다. 당신들은 죽음을 파고들지만 나는 삶을 들여다보고 있습니다.

《완역 파브르 곤충기 제2권 上完訳ファーブル昆虫記 第2巻 上》

2006년

사카모토　근사하네요! 여기서 말하는 '매미의 노래'는 윅스퀼의 '이것은 한 그루의 너도밤나무가 아니다. 나의 너도밤나무다'와 굉장히 비슷한 결이군요.

후쿠오카　파브르의 이 말을 되새기며 '아아, 그래! 나는 죽음을 파고들기보다 삶을 들여다봐야지'라는 생각이 들었습니다.

곤충 소년이던 저는 어제까지만 해도 유충이었던 것이 번데기가 되었다가 이윽고 나비가 되는, 그 극적인 변태에 놀라곤 했는데 언제부턴가 세포를 찢고 뭉개고 분해하는 일

에 심취해버린 겁니다. '확실히 뭔가 잘못됐구나'라고 생각
해서, 동적평형, 즉 생명이 전체로서 균형을 유지하는 기능
이라는 개념을 보다 정밀하게 고찰하기로 마음먹었습니다.

파브르나 윅스퀼, 이마니시 긴지를 현대 생물학의 주
류에서 벗어난 사람들이라고 여기는 이들도 있지만, 지금
이야말로 그들이 내세운 주장을 회복해야 하는 시점이라고
생각하게 됐죠.

사카모토　과연! 저도 완전히 동의합니다!

베르그송과 슈뢰딩거의 생명관

사카모토 그럼, 이제 동적평형의 이론적인 부분에 대해 말씀해주시겠어요?

후쿠오카 네. 먼저 앙리 베르그송이라는 프랑스 철학자의 말부터 소개하고 싶습니다. 지금은 그의 목적론적 진화론(진화의 방향성에 의식이 있다고 본다)도 파브르나 윅스퀼과 마찬가지로 등한시되는 면이 있습니다만, 그는《창조적 진화創造的進化》(일본어 초판 1913년)라는 저서에 '생명은 물질의 비탈길을 거슬러 오르고자 노력한다'라는 훌륭한 말을 남긴 바 있습니다. 이 주장은 지금도 충분히 유효하다고 생각해요.

사카모토 한마디로, 엔트로피 법칙의 반대네요.

후쿠오카   말씀하신 대로입니다.

생명은 불안정한 상태에서도 계속 증가하는 엔트로피를 끊임없이 외부에 버림으로써, 외관상으로는 일정 기간 동안 붕괴할 것 같은 순간마다 질서를 재정립합니다. 베르그송의 말대로, 물질의 비탈길을 끝없이 거슬러 오르고자 노력하는 것입니다. 물질이 아래로 향하는 내리막을 쉬지 않고 다시 오르는 정처 없는 왕래, 멈추지 않는 시소 운동이 반복되죠. 이것이 곧 동적평형입니다.

또 한 사람, 베르그송과 계보를 같이 하는 사람으로 슈뢰딩거라는 오스트리아의 물리학자를 꼽고 싶습니다.

사카모토   '슈뢰딩거의 고양이'라는 양자역학과 관련된 유명한 사고실험이 있었죠. 그가 쓴 《생명이란 무엇인가 生命とは何か—物理的にみた生細胞》(일본어 초판 1951년)는 훌륭한 책이라고 생각합니다.

후쿠오카   네. 슈뢰딩거는 물리학자로, 파동 역학의 기초를 다진 사람인데요. 여성 문제 등을 일으켜 학계를 떠나 아일랜드에서 생활하던 시기가 있습니다. 그때 생명을

물리학적으로 사고하는 연속 세미나 형식의 강연을 한 적이 있는데, 이것이 바로 저서 《생명이란 무엇인가》의 토대가 되었죠. 슈뢰딩거는 이 책에서 생명이 '물리학의 "확률에 따른 장치"와는 전혀 다른 "어떤 장치"에 이끌려 펼쳐지는 규칙적이고 법칙성을 지닌 현상임을 인식하는 것은 시인의 공상이 아닌, 명석하고 진지한 과학적 성찰만을 필요로 하는 문제'라 논합니다.

　슈뢰딩거는 엔트로피 법칙에도 주목했죠. 엔트로피 증가라는 우주의 대원칙은 어떻게 할 수 없으나, 생명현상은 국소적으로는 엔트로피 증가 법칙을 거슬러 질서를 만들어낼 수 있는데, 슈뢰딩거는 이 현상을 '네거티브 엔트로피'라는 용어로 설명하며 생물이 '살아가기 위한 유일한 방법은 주위 환경으로부터 네거티브 엔트로피를 끊임없이 취하는 것'이라고 주장합니다. 다시 말해 '물질대사의 본질은 생물체가 살아 있는 한 어쩔 수 없이 만들어내는 엔트로피를 모두 적절하게 외부에 버리는 것'에 있다는 의미인데요. 슈뢰딩거는 그 구조가 어떤 물리학적 법칙을 따를 것이라 믿으면서도 그 메커니즘을 끝내 설명하지 못한 채 세상을 떠나고 말았습니다. 저는 이에 대해 다시 한번 깊이 탐구해보고 싶었죠.

슈뢰딩거의 《생명이란 무엇인가》라는 원저가 출판된 것은 1944년이지만 그 후 생명 연구는 비약적으로 발전했습니다. 하지만 《생명이란 무엇인가》라는 생명과학 연구의 본질을 물은 그의 탐구는 지금도 우리에게 시사하는 바가 크다고 봅니다.

만들어내는 것보다 파괴하는 것을

후쿠오카　생명의 동적평형이란 쉼 없이 합성과 분해를 수행하는 것인데 합성, 그러니까 만들어내는 것보다 분해, 파괴하는 쪽을 항상 우선합니다.

그러나 20세기부터 21세기에 걸친 생물학의 커다란 흐름을 살펴보면 20세기에는 명백히 만들어내는 것에만 온갖 주의를 기울였죠. 생물학자는 어떤 세포 안에서 어떻게 단백질이 합성되는가, DNA가 어떻게 복제되는가 같은, 구축 설계적인 메커니즘을 연구해왔습니다. 이런 연구를 통해 생성에 필요한 매우 정밀한 구조를 밝혀낼 수 있었죠. 그것은 대장균부터 인간에 이르기까지 모두 DNA 정보가 RNA(리보핵산)로 넘겨져 그 정보를 바탕으로 단백질이 합성된다는, 오직 정보의 흐름만으로 만들어내는 단 하나의 방식이었습니다.

그런데 20세기 말부터 21세기에 걸쳐 만들어내는 것에만 집중하던 연구 풍조에 변화의 조짐이 보이기 시작했습니다. 특히 2016년에 노벨 생리의학상을 수상한 오스미 요시노리 선생님의 오토파지 연구는 '생명은 만들어내는 것보다 파괴하는 것에 몰두하고 있음'을 밝힌 획기적인 것이었죠.

오토파지란 자가포식을 뜻하는데, 오스미 연구팀은 효모라는 미생물을 모델로 사용하여 오토파지가 정상적이며 항시적인 세포 내 분해 시스템으로서 작용하는 메커니즘을 밝혀냈습니다. 오스미 선생님의 연구를 통해 생명현상은 만들어내는 것 이상으로 파괴를 멈추지 않으며, 어떤 순간에도 만들기에 앞서 파괴하고 파괴의 방법 또한 여러 가지라는 사실이 알려졌습니다.

사카모토　　DNA에는 파괴 명령을 담당하는 설계가 반드시 들어가 있죠.

후쿠오카　　맞습니다. 그래서 파괴의 중요성과 적극적인 의미에 대해서도 제대로 인식해야 하는 겁니다. 파괴가 선행적으로 일어나기 때문에 비로소 만들어낼 수 있으며, 비탈을 거슬러 올라 엔트로피를 배제할 수 있는 거니까요. 이처럼 패러다임의 전환을 꾀하는 것이 제게 있어서의 〈async〉입니다.

엔트로피 증가 법칙에 의해 생명체에서는 늘 산화와 변성이 일어나고 노폐물이 발생하므로 이러한 '쓰레기'를 꾸준히 배제하지 않으면 새로운 질서를 만들 수 없습니다. 그리하여 세포는 일사불란하게 물질을 분해하는 동시에 재구축하는 위태로운 균형과 흐름을 필요로 하죠.

즉, 파괴로부터 불안정성, 흔들림이 생겨나고 그 힘을 이용해 베르그송이 말하는 '비탈을 다시 오르는' 모델을 만들면 산일구조에 시간의 개념을 도입할 수 있을 테고, 명사가 아닌 생명 본연의 상태를 논함으로써 동적평형을 모델화할 수 있지 않을까 생각했습니다. 의도적 파괴를 통해 불안정성을 먼저 생성하는 방식에 대해 곰곰이 고찰해보고자 했던 것이죠.

사카모토　죽는 것을 통해 살아간다고 표현하면 조금 과할지 모르지만, 살기 위해 먼저 파괴한다는 에너지의 흐

름은 마치 무도武道의 이론처럼 느껴지기도 합니다.

인간은 잠잘 때 외에는 쓰러지지 않기 위해 항상 무의
식적으로 신경을 사용하는데, 그것은 개인의 인식 문제가
아니라 생명으로서 쓰러지는 것을 극단적으로 두려워하기
때문이라고 합니다. 그래서 무도에서 일부러 쓰러지는 기
술을 쓰면, 원래라면 있을 수 없는 일이기 때문에 상대가
미처 인식하지 못하게 된다는 의견이 있어요.

후쿠오카　저는 무도에 대해 잘 모르지만 의외로 연
결되는 부분이 있을지 모르겠네요.

동적평형의 이론 모델

후쿠오카　베르그송이 말한 '물질의 비탈길'이란 중력으로, 단위계는 다르지만 고에너지 상태에서 에너지를 방출한 후 결국 저에너지 상태가 되는 것, 혹은 높은 질서의 상태에서 서서히 붕괴하며 낮은 질서의 상태에 빠지는 엔트로피 증가 법칙과 겹친다고 볼 수 있습니다. 여기에 착안해 저는 동적평형을 이론화하는 과정에서 엔트로피 증가 법칙을 만유인력에 의해 되돌려지는 것의 아날로지analogy(두 개의 대상이 여러 면에서 비슷하다는 것을 근거로 다른 속성도 유사할 것이라 추론하는 것을 말한다-옮긴이)로 보고 사고실험을 해보았습니다.

다음 그림(155쪽)은 매우 단순한 모델인데요. 이 원을 하나의 생명 활동으로 간주하고, 원이 비탈에서 굴러떨어지는 것을 어떠한 시스템으로 막고 있다고 가정했습니다.

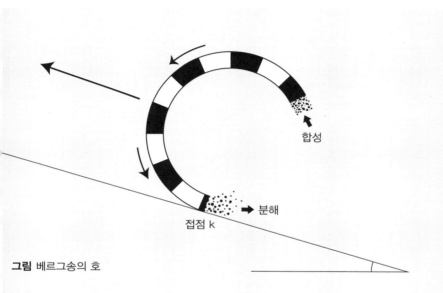

합성

접점 k

분해

그림 베르그송의 호

그로 인해 원이 정지된 시점에 파괴를 선행함으로써 거슬러 올라가는 힘을 만들어낼 수 있지 않을까 생각했죠.

사카모토   여기에서는 어디가 파괴되면 될까요?

후쿠오카   원과 경사면이 접하는 접점 k는 유지해야 합니다. 그렇다면 지금 내려가고 있는 방향과는 반대로 올라가기 위해서는 접점 k보다 아래를 향하는 부분부터 원주를 계속해서 깎아낼 수밖에 없겠죠.

이사무 노구치Isamu Noguchi(일본계 미국인 조각가, 디자이너로 비정형의 조각 작품, 가구, 전등 등으로 유명하다. 가운데가 뚫린 원이나 원호 모양의 조각 작품을 만든 바 있다-옮긴이)의 조각 작품이 연상되기도 하네요. 여하튼 접점 k 중 원을 지탱해 정지시키는 지점까지 원주를 깎아낼 수 있을 텐데, 그 지점이 일단 원주의 3분의 1 부근이라는 걸 수학적으로 알아낼 수 있습니다.

여기까지 깎아낸 시점에서 원은 접점 k에서 경사면과 접한 채 절묘한 밸런스로 정지하여 경사면 아래로 굴러 내려가지 않습니다.

그 균형 상태에서 조금 더 원주를 깎으면 그때 처음으로 불안정성이 발생하고, 원이 기우뚱하며 반대쪽, 그러니까 비탈의 오르막 방향으로 쓰러지는 것입니다. 그대로 방치하면 덜컹하고 쓰러져 주르륵 아래로 내려가겠지만, 기우뚱 기울었을 때를 출발점 삼아 합성과 분해를 시작하게 하는 거죠.

이런 식으로 끊임없이 합성과 분해를 거듭함으로써 생명이 성립한다는 모델을 고안했고, 저는 이 동적 원호에 '베르그송의 호'라는 이름을 붙였습니다.

사카모토　지금의 설명을 듣고 떠오른 것이 있는데 과거 일본인은 같은 쪽의 팔과 다리가 함께 앞으로 나오는 '난바 걷기'를 했다죠. 손과 발이 교차하는 서양식 걸음걸이와는 달리 난바 걷기로는 빨리 달릴 수가 없는데, 파발꾼들이 에도에서 교토에 이르는 해안길을 3~4일 만에 달려갔다는 이야기가 남아 있습니다. 이것이 사실이라고 주장하는 이들이 있는데, 팔을 흔들지 않고 계속 몸을 앞으로 기울인 채 뛰면 빨리 달릴 수 있다는 거죠. 즉 쓰러짐으로써 앞으로 나아갈 수 있다는 뜻인데, 그 점에서 후쿠오카 씨의 이 그림도 난바 달리기와 유사하지 않나요?

후쿠오카 비슷하네요. 쓰러짐에 의해 생겨나는 불안 정성을 보완해가며 계속해서 쓰러지는 것이 바로 이 모델의 골자니까요.

원은 불안정한 밸런스를 해소하기 위해 경사면 위쪽으로 쓰러져가는데, 이때 깎인 원호의 한쪽 끝에서는 분해가, 다른 한쪽 끝에서는 합성이 일어납니다. 단, 합성과 분해가 똑같은 속도로 균형을 이루면 원호는 완전한 평형 상태에 빠져 움직일 수 없게 되죠. 만약 합성이 증가하면 아래로 향하는 모멘트moment(주어진 회전축을 중심으로 회전시키는 능력인 '돌림힘'을 가리키는 말—옮긴이)가 강해져서 경사면을 내려가는 힘이 작용하게 됩니다. 그러니 늘 분해되는 쪽이 근소하게 더 많아야 해요. 꾸준히 분해의 속도가 합성의 속도를 웃돌아야 원호가 조금씩 기울며 위로 올라갈 수 있는 것입니다.

사카모토 과연. 그래서 파괴되는 쪽이 많아야 하는 거군요. 무언가가 붕괴하지 않으면 만들어지지 않고, 동적 평형 역시 이뤄지지 않는다는 뜻이네요.

죽음을 받아들이다

사카모토   다만, 그 합성 부분이 어떻게 시작되는가
는 난해한 문제예요.

후쿠오카   맞습니다. 그 부분이 어렵죠.
세포의 구조물은 정적인 형태로 보이지만 한쪽 끝은
계속 파괴되고 한쪽 끝은 생성되는, 마치 트레드밀 같은 운
동에 의해 일정 형상을 유지하는 경우가 많아요. 그러한 동
적 작용이 일상적으로 신체의 이곳저곳에서 일어나기 때
문에 이 모델로 생명의 존재 방식을 부연할 수 있지 않을까
기대하고 있습니다.

사카모토   특정 부품이 어떤 역할을 담당한다는 식의
단순한 문제는 아니겠죠.

후쿠오카 그렇습니다.

생명은 동적평형을 통해 엔트로피 증가 법칙에 부분적으로 저항하지만, 역시나 거기에서 완벽하게 벗어날 수는 없습니다. 파괴되는 쪽이 조금 더 많은 상태가 지속되면 시간이 지남에 따라 원호 전체는 조금씩 짧아지다 종국엔 소멸하죠.

그것이 곧 생명의 유한성을 뜻한다고 볼 수 있습니다. '베르그송의 호는 모든 곳에서 합성과 분해를 반복하며 비탈길을 오르려고 노력하면서 스스로 조금씩 작아진다.' 이런 관점으로 생명을 다시 파악할 수 있지 않을까, 그렇게 생각하고 있습니다.

사카모토 그렇군요. 분해와 합성의 균형을 유지한 채로 서서히 사라져가다 시간이 흐르면 '자, 이제 끝' 하고 종료되다니, 꽤 괜찮은 삶의 방식 같은데요.

이 모델을 보면 생명이 태어나 죽는 것은 이해가 됩니다. 원호가 전부 없어지면 죽는다는 것인데, 그렇다면 도중에 병에 걸리는 건 어떻게 이해하면 될까요.

후쿠오카　아마도 합성과 분해의 속도 균형에서 합성 쪽이 다소 앞서는 바람에 분해가 쫓아가지 못하게 되면서 거슬러 올라가던 것이 비탈 아래로 내려가게 되거나 어느 지점에서 정지하는 등, 동적평형의 균형이 흐트러지는 것으로 설명할 수 있지 않을까요.

사카모토　동양적 생명관에서는 질병을 기의 흐름이 막힌 정체 상태로 보곤 하는데, 이런 면에서 동적평형과 비슷할지도 모르겠네요.

후쿠오카　그렇습니다.

동적평형이 정체하는 것을 질병이라고 간주하면 모든 근대적 의학이 행하고 있는, 특정 반응을 멈추거나 방해하거나 부품을 대체하는 방법이 아니라, 전체를 흔들어주는 방식이 오히려 평형을 다잡는 데는 더 효과적일지도 모르죠.

관점에 따라서는 여러 방향으로 반응하는 것들을 한데 묶는 한방약이 동적평형을 흔들어주는 측면에서 더 탁월하다고 이해할 수도 있겠습니다.

사카모토 유럽의 민간요법 중에 소량의 독성 물질을 희석해 마시는 방법이 있다던데, 이 또한 그런 사고법에 기인한 게 아닌가 싶네요.

후쿠오카 이런 식으로 생각하면 동적평형을 각성시키거나 바로잡는 것만이 몸의 상태를 되돌리는 방법이 되니, 외적인 물질을 첨가하여 병을 치료하는 것은 일시적인 효과일 뿐 근본적인 수단은 아니라는 뜻이 됩니다. 어쩌면 이런 유의 발상 전환이 필요할지도 모르겠어요.

사카모토 DNA나 지구온난화, 하다못해 지구가 태양 주위를 돌고 있다는 사실조차도, 저를 포함해 과학을 잘 모르는 사람들은 그 진위를 확인할 방도가 없어요. 최종적으로는 그저 감각적인 면에서 '그렇다'라고 믿을 뿐이죠. 이와 마찬가지로, 저는 로고스로 구축된 기계론적 생명관보다 동적평형적인 우주관, 생명관 쪽이 더 믿을 만하다는 느낌이 강하게 듭니다.

후쿠오카 사카모토 씨가 그렇게 말씀해 주시니 기쁘네요.

우리가 갇혀 있는 로고스의 세계는 매우 견고하지만, 어떻게 하면 거기에서 벗어나 피시스의 풍요로움을 인식할 수 있을까 하는 문제를 미력하나마 앞으로도 고민하고 싶습니다.

사카모토　살아간다는 건 하나의 긴 호흡과 같다고 생각해요. 들이마시고 내뱉는 하나의 순환. 그러다 그 순환이 멈추는, 즉 '숨을 거두는' 순간 그 생명은 죽음을 맞이하겠죠. 이 동적평형에는 저항할 수도 없을뿐더러, 거스르지 않는 편이 좋다고 생각합니다. 그러나 조금이라도 더 오래 살고 싶다는 것 또한 솔직한 심정이잖아요. 그때가 되지 않으면 모르겠지만 사상이나 이치로 통제 가능한 문제가 아니라는 게 제 의견입니다.

제가 죽으면 제 육신은 땅으로 돌아가 미생물 등에 의해 분해되고 다음 세대 생물의 일부가 되어 '재생再生'하겠지요. 이 순환은 생명이 탄생한 이래 수십억 년 동안 계속되었고 앞으로도 계속될 것입니다. '나'라는 생명현상은 그 아득해질 정도의 순환 속 한 과정이라고 이해하고 있어요.

   후쿠오카   죽음을 어떻게 받아들이느냐에 따라 '생명을 어떻게 마주할 것인가'라는 생명관의 근간을 확인받죠. 개체의 죽음은 본인에게도, 주위 사람들에게도 슬픈 일이지만 동시에 피하기 어려운 일이기도 합니다. 천국에 간다든지, 환생한다든지, 내세가 있다든지 하는 사고방식도 하나의 생사관이겠으나, 저는 죽음을 '인간 이외의 모든 생명이 그렇게 하듯' 가능한 한 자연스럽게 받아들이고 싶습니다.

   이르든 늦든, 모든 생명체에게는 수명이 다하는 순간이 찾아옵니다. 그것은 엔트로피 증가 법칙에 맞서 끊임없이 저항하던 동적평형이 끝내 엔트로피 증가 법칙에 뒤처지고 마는 순간이라 할 수 있는데, 이는 탈락이 아닌 일종의 증여입니다. 그때까지 자신의 생명체가 점유해온 공간, 시간, 자원 등의 생태적 지위를 다른 젊은 생물에게 넘겨주는 거예요. 그 결과 거기에서 또 새로운 생명의 동적평형이 성립됩니다. 자신의 개체를 구성하던 분자와 원자도 환경으로 돌아가죠. 생명의 시간은 이런 식으로 38억 년이라는 긴 세월 동안 연속적으로 계승되어온 것입니다. 그러므로 개체의 죽음이야말로 가장 이타적인 행위라 할 수 있어요.

가까운 사람의 죽음을 받아들이는 건 견디기 힘들 정도의 괴로움을 동반하지만 이런 관점으로 보면, 자연의 섭리에 따라 맞이한 죽음은 슬퍼하기보다는 축하할(일본어로 '축하하다'는 '고토부쿠寿<'라고 하는데, '수명寿命'에 쓰인 것과 같은 한자를 사용한다―옮긴이) 일이며, 일본어 단어 수명寿命과도 궤를 같이합니다.

개체의 생명이 유한하다는 사실은 모든 문화적·예술적·학술적 활동에 동기부여가 되기도 해요. 누구나 어떻게든 자신이 살아온 증표를 보여주고 싶어 합니다. 유한하기 때문에 비로소 생명은 빛납니다. 그리고 그 유한의 생명이 사그라들 때, 다시 다른 생명으로 동적평형이 초기화되어 계승되죠. 생명계 전체는 이런 방식으로 맥을 이어왔고, 앞으로도 그렇게 이어질 것이라 생각합니다.

생명의 시행착오 흔적

　　사카모토　　후쿠오카 씨의 말씀을 듣는 동안, 도쿄대학교에서 300억 년에 1초 정도밖에 어긋나지 않는 광격자 시계를 만들었다는 이야기를 떠올렸어요. 300억 년이면 현재 알려진 우주의 나이보다 두 배 이상 긴 시간이죠. 그 광격자 시계 소식을 듣고, '우주가 탄생한 시점부터 지금까지 무척 방대한 시간이 흘렀다고 느껴왔지만, 실제로는 그리 긴 시간만은 아니었구나' 하는 감각이 문득 덮쳐오더군요.

　　우리가 사는 태양계가 약 46억 년 전에 생겼다고 치면, 우주 나이의 3분의 1 정도가 되는데요. 우주에 존재하는 태양계 외의 행성에서 더욱 이른 시점에 지구에서와 같은 생명현상이 일어났어도 이상할 것이 없지만, 대체 생명이라는 것이 어디서 어떻게 생겨났는지는 신기할 따름입니다.

후쿠오카　　말씀하신 대로 생명이 탄생한 최초의 지점을 현대과학으로는 설명할 수 없습니다. 생명의 동적평형 구조가 어떠한 방식으로 38억 년 전 이 지구에서 한순간에 국소적으로 발생한 것인가는 생명과학 최대의 미스터리죠.

사카모토　　비유를 해보자면 지금 설명하신 것처럼 원이 비탈 아래로 굴러떨어지는 것 자체는 물질세계에서 지극히 당연한 일로, 항상 일어나고 있죠. 그러다 어느 순간 결함이 생기고 나아가 분해 쪽이 근소하게 많아지는 가장 좋은 균형에 도달합니다. 이 우주 안에도 그런 도달의 순간이 분명 존재할 거예요.

후쿠오카　　말씀대로 태양계의 출발점이 46억 년 정도 전이고, 처음 생명이 등장한 것이 38억 년쯤 전이니까 불과 8억 년밖에 여유가 없었다는 거예요. 그 8억 년 사이 수없이 많은 시행착오를 거쳤다고 해도, 그런 우연의 균형을 잡아낸 순간이 단 한 번이라도 존재했다는 건 정말 기적이라고 생각해요.

사카모토　시행착오를 겪는 8억 년 동안에는 생명이 되지 못한 채 그저 물질로 끝나버리는 존재도 무수히 많았을 거예요. 그렇게 계승되지 못한, 이른바 생명 동지들의 흔적이 어딘가에 남아 있으면 좋을 텐데요.

후쿠오카　에일리언의 유적 같은 것 말이죠.

사카모토　왜 이런 얘기를 꺼냈느냐면, 얼마 전 제가 음악적으로 느낀 점과 관계가 있기 때문입니다.

　7만 년쯤 전, 우리의 선조는 인류 탄생의 땅인 동아프리카로부터 세계 각지로 여정을 떠났을 터인데, 예상하기로 그들은 30명 정도의 부족으로 그들만의 언어와 노래를 갖고 있었을 거예요. 즉, 단 하나의 부족이 단 하나의 언어를 구사하며 다 같이 공통의 노래를 불렀을 거란 뜻이죠. 중력파의 흔적과는 좀 다르겠지만, 그 노래의 흔적이 어딘가에 남아 있지 않을까 하는 몽상을 저는 하고 있어요. 한 예로, 동요는 세계 어디를 가도 매우 비슷하거든요. 그런 걸 보면 7만 년 전, 아프리카에서 발생한 음악을 듣는 단서가 될 수도 있을 것 같아요.

후쿠오카　상당히 재미있는 얘기네요. 생명의 출발점에도 그 나름의 원초적인 노래가 있었을 테고 그것이 고도로 복잡하게 진화하는 바람에 보이지 않게 된 건 맞을 거예요. 예를 들어 세포에서 작용하는 단백질을 만들어내기 위해서는 RNA가 필요하고 RNA를 만들어내기 위해서는 DNA가 필요합니다. 그럼 태초에 DNA가 있었는가, 하면 또 그렇지는 않아서 복잡한 DNA를 합성하려면 DNA를 합성시킬 수 있는 효소, 다시 말해 단백질이 필요합니다. 그렇다면 그 단백질은 어디에서 왔느냐는 문제가 남는데 결국 닭이 먼저냐, 달걀이 먼저냐 같은 논제가 되죠. 거기서 고안된 가설이 '효소적인 촉매작용과 DNA적 정보 유지 기능을 동시에 갖춘 다기능 RNA가 태초에 존재했던 것이 아닐까'라는 내용입니다. 이런 RNA가 두 방향으로 진화해 단백질과 DNA를 만들어냈다는 것이죠. 이 가설에 비춰 보면 최초의 노래는 RNA 같은 것이라 볼 수 있습니다. 흥미롭게도 RNA는 물질적으로는 지극히 불안정하며 금방 분해되고 재생산됩니다. 어딘가에 얽매이지 않는 자유로운 상태, 즉 융통무애融通無碍한 존재라는 면에서 음악적이라고도 할 수도 있겠네요.

악보와 유전자의 공통점

후쿠오카　조금 다른 얘기인데, 개인적으로 사카모토 씨에게 물어보고 싶은 것이 있었어요. 바로 '악보의 기원은 어디에 있는가'인데요. 제가 좋아하는 페르메이르의 그림에도 악보가 나오고 그보다 약 100년 앞선 레오나르도 다 빈치의 작품에도 악보가 그려져 있던데, 과연 악보라는 것은 언제부터 존재했을까요?

사카모토　중세시대부터입니다. 고대 그리스의 기록에도 악보 비슷한 것은 남아 있지만, 모눈종이 위에 음의 위치를 그린 형태가 아니라 음악의 주법이나 '길다', '짧다' 같은 표시를 해놓은 것에 가깝거든요. 물론 그 '악보'로 연주된 소리는 이미 사라져버렸으니 어디까지나 추측에 불과하지만요.

원환하는 음악, 순환하는 생명

후쿠오카   그렇군요.

왜 악보의 기원에 대해 여쭤봤느냐면 악보와 유전자 사이에 어떤 대응 관계가 존재한다고 느꼈기 때문입니다. 악보는 소리 그 자체가 아니니, 어떻게 해도 음악이 되지는 않잖아요.

사카모토   맞아요. 누군가에게 연주되어 소리가 되지 않는 한, 음악이라 할 수는 없으니까요. 악보라는 건 '뉴턴적'인 절대공간, 절대시간, 균질한 시공간처럼, '그 점을 어디에 두든 똑같다, 그저 값이 다를 뿐'이라는 사고방식을 구현하고 있다고 생각합니다.

후쿠오카   악보도, 유전자도 그저 '기술된 것'일 뿐이죠.

유전자에는 마치 음표처럼 몇 개의 염기서열이 적혀 있는 셈이며 그것이 어긋나면 돌연변이가 생기는 등의 변조變調가 일어나는데, 완벽히 일치하는 유전자가 어떻게 '연주'되느냐 하는 문제는 그 유전자를 가진 각각의 세포나 개체에 달려 있어요.

그러나 우리는 악보가 곧 음악이라 여기고, 유전자를 생명 그 자체로 파악해버리는 바람에 기술된 것과 실제가 별개라는 사실을 쉽게 잊습니다. 그런 의미에서 악보와 음악에서도 로고스와 피시스가 대응하고 있다고 볼 수 있지 않을까요?

사카모토　그렇습니다.

특히 최근 몇 세기 사이, 악보 체계는 보다 복잡해지고 점점 정밀화되고 있어요. 20세기에는 오선지가 너무 조잡하다며 기하학에서나 쓸 법한 모눈종이에 치밀하게 악보를 적어나가는 사람이 있을 정도였죠. 서양음악계에는 애매함이 개입되면 안 된다는 생각으로 모든 걸 숫자로 지정하는 악보를 쓴 작곡가도 있고요. 이런 점은 과학과 유사한 방향으로 흘러가고 있다고 볼 수 있겠죠.

후쿠오카　그러네요, 과학과 비슷해요.

사카모토　그렇게 되면 당연히 수학과 비슷한 느낌으로 '자신의 소우주를 얼마나 아름답게 표현할 수 있을까'

라는 문제에 열정을 쏟게 되죠. 하지만 이는 잘못된 접근으로, 아무리 노력한들 악보가 음악 그 자체가 될 수는 없습니다.

그러나 작곡가는 자신이 일종의 신의 관점을 지녔다고 오해하기 십상이라, 그 소우주를 창조하는 일을 최종 목적으로 착각하기도 해요.

후쿠오카 생명과학 역시 마찬가지예요. 유전자에 적혀 있지 않은 것은 생명현상으로 나타나지 않는다는 유전자 만능주의가 횡행하고 있으니까요.

사카모토 유전자 만능주의자들은 악보, 즉 DNA가 없으면 새로운 생명현상은 없다는 식의 믿음을 가지고 있죠.

후쿠오카 하지만 완벽히 똑같은 '악보'를 가지고 있는 일란성쌍둥이도 전혀 다른 인격이 되곤 합니다. 몇 가지 선천적인 질병을 제외하면 앞서 말한 녹아웃 마우스의 사례처럼, 유전자가 반음 어긋났다고 해서 반드시 불협화음이 되어 이상 현상을 일으키지는 않아요. 하나의 음정이 더 있거나 없어도, 전체적으로 보면 이렇다 할 변화가 나타나지 않는 사례들도 얼마든지 있고요. 생명현상은 유전자라고 하는 '악보'와 '연주자', 그리고 '청중'이 어우러져 성립되는 것이니까요.

사카모토　결국 살아가는 건 한 번뿐이라는 거죠.

후쿠오카　네, 한 번뿐이에요.

사카모토　앞서 말했듯 음악 역시 일회성을 갖습니다. 그에 반해 악보는 그 일회성을 부정하는 존재죠.

요컨대, 악보는 어느 나라의 어떤 문화적 배경을 가진 사람이라도 거기 그려진 대로만 연주하면 같은 소리가 날 것이라는 신념을 바탕으로 만들어집니다. 그런 식으로 악보는 지역성을 부정할 뿐 아니라, 100년이 지나도 같은 소리를 내야 한다는, 물리적인 시간마저 뛰어넘는 무척 강력한 로고스로서 발전해온 체계라 할 수 있습니다.

악보라는 체계가 그럴지라도, 거기에 적힌 대로 연주

되어 음악이 되고 나면 그것은 일회에 한정된 연주로서 공기의 진동이 되어 사라져버립니다. 생명현상도 일회 한정의 현상이 일어나고 있다는 면에서 음악과 마찬가지라고 생각합니다.

후쿠오카　지당하신 말씀입니다.

생명에 '명령자'는 없다

사카모토　특히 현대음악계에서는 악보로 기록하지 않으면 평가의 대상조차 되지 못하는 일이 많다 보니, 저 역시 예전엔 악보 만능주의 성향이 있었습니다. 하지만 조금씩 생각이 바뀌더군요.

악보 만능주의가 옳지 않다고 깨닫게 된 건 어느 훌륭한 연주자가 제가 막 작곡한 신곡을 눈앞에서 연주해준 순간이었습니다. 분명 제가 악보 속에 소우주를 만들어놓았는데, 그녀가 연주를 시작하자 제 머릿속의 그림과는 다른, 더욱 근사한 음악의 우주가 펼쳐지더군요. 그때 '아, 그렇구나. 음악이라는 소우주를 만드는 건 작곡가만이 아니었어. 연주자도 똑같이 만들어내고, 때로는 작곡 이상으로 아름답게 만들 수도 있구나'라는 충격적인 깨달음을 얻었고 그 이후로 근본적인 사고방식이 바뀌었습니다.

그로부터 몇 년 후, 이번에는 '듣는 사람이 없으면 진정한 음악은 성립하지 않는 것 아닐까?'라는 생각이 들기 시작했습니다. 제가 젊었을 때의 현대음악은 들려주지 않으려는 분위기가 있었달까, 청중 따위는 고려하지 않는다는 태도를 예술가답고 멋지다고 여기는 경향이 있었습니다. 저도 거기에 꽤 영향을 받았고요. 그런 제가 바뀐 건 '듣는다'는 행위가 음악의 중요한 요소임을 강하게 의식한 이후부터입니다. 비록 상당한 시간이 걸리기는 했지만, 음악의 원환圓環이란 악보를 쓰는 사람, 연주하는 사람, 듣는 사람이 있을 때 비로소 성립된다는 당연한 사실을 마침내 깨달았죠.

후쿠오카　당연한 사실을 깨닫는 데 시간이 걸린 건 저도 마찬가지예요. 그래도 그게 나이 드는 것의 좋은 점 중 하나죠.

사카모토　악보가 없는 음악의 존재를 강하게 느낀 일을 계기로 이러한 음악의 원환을 깨달았어요. 지구라는 행성에는 공기의 진동, 다시 말해 소리라는 현상이 늘 일어나고 있는데 저는 누군가가 귀 기울여 그 진동을 공유하는 시공간이 있는 상태를 음악이라 부른다고 생각합니다. 이를테면, 강물의 여울은 인간이 있든 없든 항상 흐르고 있는데 누군가가 연주하지 않더라도 거기에서 일어나는 공기의 진동을 듣는다면, 그건 음악인 거예요.

이런 생각은 꽤 오래전부터 했었는데 어렸을 때는 혼잡한 길을 걸을 때 들리는 소리, 전철을 탔을 때 들리는 소리처럼 평소에는 잘 듣지 못하지만 가만히 귀를 기울이면 감지되는 소리를 듣는 일종의 청각 훈련을 했어요. 전철 안에서도 조금만 신경 써서 들으면 열 종류쯤 되는 소리가 웅성거리기 시작하거든요. 가끔은 하나의 소리 안에 풀 오케스트라가 연주하는 소리만큼의 정보량이 차곡차곡 들어가 있는 경우도 있죠.

그렇다는 건 어떤 의미로, 일부러 새로운 진동을 만들 필요가 없다는 뜻이기도 해요. 공기의 진동을 듣는 음악의 실상에 있어서는 악보 없이도 음악은 성립한다는 겁니다.

후쿠오카　그야말로 악보라는 로고스에서 벗어나 음악의 피시스를 깨달으신 거군요.

사카모토　반면 생명과 DNA의 관계에서는 'DNA가 없어도 생명은 유지할 수 있다'라는 깔끔한 분리가 어려울 것 같아요. DNA를 '생명의 설계도'라고들 하는데, 사실은 기계의 설계도처럼 고정화된 것이 아니라 실제로 일어나는 생명현상과 꾸준한 상관관계를 갖는 것이라는 생각이 듭니다.

후쿠오카　네, 그렇습니다.

DNA가 없어도 몇 분 정도는 더 생명이 유지될지 몰라요. 하지만 DNA는 항상 세포가 참고해야 하는 데이터로 존재할 수밖에 없습니다. 그렇게 보면 DNA 역시 생명현상의 일부라는 말이 되죠. 하지만 생명은 DNA만으로 존재하는 것이 아니며 생명과 DNA는 끝없이 왕래하고 있어요. 지금 우리 눈앞에 흐르고 있는 이스트강East River의 흐름과 마찬가지로, DNA조차도 쉼 없이 파괴되고 쉼 없이 만들어지고 있는 겁니다.

사카모토　우리는 DNA를 생명현상의 명령자로 여기며 마치 DNA가 생명의 외부에서 명령을 내리는 이미지

를 떠올리기 쉽죠. 하지만 생명에 관해서만큼은 그렇지 않을 겁니다.

후쿠오카 맞습니다. 명령자는 존재하지 않고, 세포 속에 특별한 사령탑도 없으며 누군가가 남달리 위대하지도 않아요.

사카모토 그렇다면 모든 건 일상적으로 흘러가는 하나의 생명이라는 말이겠네요. 새삼 그런 생명 본연의 모습이 대단한 기적처럼 느껴집니다.

AMBITIO

ONEVANDER

Extra Edition

팬데믹이 우리에게 던진 질문

신종 코로나바이러스라는 피시스

사카모토　　신종 코로나바이러스로 팬데믹이 발생한 이후로 후쿠오카 씨와도 예전만큼 자주 만나지 못하고 있는데요. 그래도 요즘은 온라인으로 대화하는 일이 많다 보니 꽤 자주 이야길 나누는 기분이에요.

후쿠오카　　그러게요. 신종 코로나바이러스로 인한 팬데믹은 사카모토 씨와 수년간 꾸준히 논의해온 '로고스 vs 피시스'의 문제성과 깊은 관련이 있다고 생각합니다.

인류는 지금까지 다양한 역병을 로고스화해왔으나 피시스로서의 역병을 마주한 인간은 속수무책일 뿐입니다. 신종 코로나바이러스는 우리에게 '지나치게 로고스화된 세계를 피시스 쪽으로 되돌려 사고하지 않으면 자신들이 설 자리마저 잃게 된다'는 문제에 관한 질문을 던지는 듯해요.

사카모토   이 팬데믹을 통해 '로고스 vs 피시스'의 대립이 명확한 형태로 드러났고, 우리는 지금 세계적 규모로 이를 목격하는 귀중한 체험을 하고 있다고 생각합니다.

앞서 후쿠오카 씨가 말씀하신 대로 인류의 역사는 늘 역병과 함께했는데요. 현대의 문제는 인간의 경제활동이 자연이나 삼림, 동물들의 생태계를 파괴하여 광범위한 생물권에 영향을 미친 결과, 지금까지 갇혀 있던 바이러스와 인간의 접촉 기회가 늘어난 것에 있다고 생각합니다. 이는 틀림없이 인간이 자초한 일이라, 우리가 우리 행동에 대한 자연의 보복을 받고 있다는 느낌이 강하게 드는 요즘입니다.

2020년은 아마 세계적 팬데믹이 시작된 해로 기록되겠죠. 스페인 독감 종식에 3년 정도의 시간이 걸렸듯, 이 신종 코로나바이러스의 백신이 수십억 명에게 보급될 때까지는 수년의 시간이 걸릴 겁니다.

후쿠오카   C형 간염 바이러스의 경우 A형, B형 간염과 종류가 완전히 달라 발견 후 특효약 개발까지 약 25년이 소요되었으니까요. 신종 코로나바이러스가 통상적인 코로나바이러스로서 우리 생활과 공존하려면 역시나 시간이 더

필요하겠죠. 과학이 진보한다 해도 그렇게 빨리 신종 코로나바이러스를 제어할 수는 없을 겁니다.

　　현대과학은 바이러스의 실태를 포함해 이런저런 정보를 검출할 수 있는 기술을 가졌지만, 아무리 정보를 가졌다 해도 실질적으로 그 바이러스를 상대로 할 수 있는 일은 그리 많지 않습니다. 고작 마스크 착용과 손 씻기 정도의 예방책밖에 세우지 못하죠. 생물을 지나치게 정보로만 봤던 20세기 생물학의 폐해가 여기에서도 나타난다고 생각해요. 치료의 관점에서 말하자면 인류는 스페인 독감 이후로 별다른 진전을 이루지 못했다고 볼 수 있죠.

　　사카모토　　정보를 알고 있음에도 대처할 수 없는 건 인간이 스스로를 자연에서 분리해왔다는 본질적인 문제와 연결됩니다.

　　팬데믹이 시작된 2020년 3월 무렵부터 세계 곳곳에서 도시를 떠나 시골로 이주하는 사람들이 생겨났습니다. 그 현상을 보며 저 또한 도시에서의 삶, 나아가 도시 그 자체에 대한 의문을 품기 시작했습니다.

　　도시와 정착의 기원에 관해 찾아보니 아무래도 메소포

타미아 문명에서 도시의 원형이 생겨난 모양이더라고요. 고고학 자료에 따르면 수렵과 채집을 하는 민족들은 풍요로운 생태계의 도움을 받으며 오랫동안 분산된 생활을 영위했는데, 그즈음 어떤 이유에서인지 정착을 시작합니다. 어쩌면 그들이 풍요로운 식생활까지 포기해가며 정착한 배경에는 기후변화로 인해 자연으로부터 예전만큼 식량을 쉽게 얻을 수 없게 된 사정도 있을지 모릅니다.

그들이 유목 생활에서 벗어나 소수의 곡물에 의존하게 된 데에는 '징세' 역시 깊게 관여되어 있을 거예요. 가라타니 고진柄谷行人(일본을 대표하는 비평가, 사상가 - 옮긴이) 씨는 국가의 본질이 징병과 징세에 있다고 말한 바 있죠. 마침 도시의 원형이 생겼을 무렵 국가의 원형이라 할 수 있는 것도 생겨났다고 합니다.

세금을 징수하는 입장에서는 같은 시기에 싹을 틔우고 토지 면적별 수확량과 그에 따른 징세를 예측할 수 있는 곡물이야말로 더없이 편리한 식량이었겠죠. 곡물 생산량 증가를 위해 필요한 인원수를 계산한 후 노동력 확보를 위한 전쟁을 벌여 노예를 늘리고 우수한 자는 군인으로 길러내어 또다시 침략하는, 현재까지 이어진 국가에 의한 인간 및 식량 관리의 원형이 여기에서 시작된 게 아닐까 싶습니다.

또한 밀집된 도시 생활에서는 인간과 인간 사이뿐 아니라 인간과 가축 사이의 감염 위험도 커졌습니다. 메소포타미아 문명 무렵만 해도 수만 명 규모였던 세계 인구가 어느덧 80억 명을 넘어섰는데, 이만한 규모가 되었음에도 인류는 여전히 고대와 다름없는 리스크를 안고 우왕좌왕하고 있다는 얘기죠.

이기적 유전자를 넘어서

후쿠오카　우리는 지금 진정한 의미의 패러다임 전환을 직면하고 있다고 생각합니다. 사카모토 씨가 '가장 밀접한 자연은 바다나 산이 아니라 나 자신의 신체다'라고 말씀하셨듯 우리의 생명은 그야말로 피시스라고 할 수 있습니다. 피시스인 자신에게 피시스를 컨트롤하려는 로고스가 침범해오지 않도록 주의를 기울여야 해요.

　요즘은 조금만 사용법을 틀리면 우생학적인 이상에 매몰될 위험성이 있는 양날의 검과 같은 테크놀로지도 존재하죠. 백 보 양보해 뇌를 외화外化시키는 로고스적 테크놀리지의 발전은 정보 전달의 가속화나 생활의 쾌적화, 노동의 경감으로 이어진다는 면에서 장점도 있을지 모릅니다. 하지만 때로는 로고스의 화살이 생명체의 내부로 겨누어진다는 사실을 기억해야 합니다.

코로나 사태만 해도 인공지능을 활용해 행동을 추적하거나 인간의 접촉을 통제하여 클러스터 분석을 하는 등, 조지 오웰의 SF소설 《1984》와 비슷한 느낌의 관리사회에 가까워지고 있는 면이 있죠. 중국이 딱 그런 방향으로 나아가고 있는데, 세계의 여러 국가들이 코로나가 던진 문제를 역으로 이용해 인공지능을 통한 인간 관리에 더욱 박차를 가하고 있습니다. 이대로 보이지 않는 감시사회가 되는 건 정말 원치 않아요.

사카모토 저희의 대화는 언제나 감시사회, 관리사회가 지금 시작된 것이 아니며 그 안에도 로고스와 피시스의 문제가 대두된다는 이야기로 귀결되네요.

저는 SF소설을 거의 읽지 않았었는데 《삼체三體》라는 중국의 SF소설을 읽어보니 무척 재미있더라고요. 이 책에서는 세 가지 요소 사이의 상호작용을 묻는 '삼체문제'를 다루고 있습니다. 우리의 신체를 포함하여 세계는 삼체, 아니 그 이상의 N체(다체, 무수의 요소)문제로 가득 차 있으며 N체문제야말로 피시스의 실체라 볼 수 있는데, 아마도 '피시스라는 공간에 존재하는 삼체문제'는 뉴턴 시대부터 고찰되어 왔을 거예요.

'이체와 삼체'는 '로고스와 피시스'의 동의어나 마찬가지라고 생각해요. 인류는 상호작용하는 이체문제를 명확히 밝힘으로써 모든 것을 로고스화해왔으나 이체가 삼체가 된 것만으로도 지금까지 로고스화한 것들을 전혀 알 수 없게 되어버립니다. 《삼체》에서도 그로 인해 발생하는 혼란이 묘사되는데, 뉴턴 시대로부터 4세기가 지난 지금도 로고스의 힘만으로는 그런 부분에 맞서지 못한다는 거예요.

후쿠오카　이체문제에서는 한쪽이 적군 혹은 아군이 되고, 서로 간에 이해관계가 생기며 모두가 이기적으로 굴기 일쑤입니다. 하지만 이 세상과 생태계는 삼체 혹은 N체들로 이루어져 있고 많은 요소가 상호적으로 작용하며 살아가죠. 이것이 생태계의 진실이라면 생물은 본래 이타적인 존재라고 해석할 수도 있습니다.

가장 이타적인 존재는 나무죠. 그, 그녀들은 필요 이상의 광합성을 하고, 잎을 울창하게 하고, 수액과 열매를 곤충과 새들에게 나눠주며 낙엽으로 토양을 비옥하게 합니다. 그 덕분에 모든 생물과 미생물, 균류들이 살아갈 수 있는 것이죠. 바이러스조차 이런 거대한 이타적 상호작용 속에 존재합니다.

　코로나를 마치 적처럼 취급하며 '코로나에 맞서 이겨내자' 같은 얘기들을 하지만 대부분의 바이러스는 이미 예전부터 인간과 공존해왔으며 유전자의 수평 이동에 관여하는 중요한 메신저 같은 존재이기도 합니다. 애초에 바이러스를 완전히 제압할 수 없고, 해서도 안 되는 것이죠.

　하물며 인공지능처럼 로고스적인 힘으로 지배하려는 시도들은 모두 무익하며 'Resistance Is Futile(허무한 저항)'이라 할 수 있습니다.

　사카모토　바이러스를 박멸하면 우리 같은 대형 생물은 살아갈 수 없겠죠.

　정말이지 인간 외에는 모두 이타적인 행위를 한다고 생각합니다. 어떤 생물도 '다른 종을 위해 남겨두자'라고 생각하지는 않았을 텐데, 생물들은 너무도 자연스럽게 식량을 다른 종에게 나눠주며 살아남아 왔습니다.

　저는 아프리카를 좋아해서 여러 번 방문했었는데요. 동물들이 식사할 때는 생태계에서 강한 존재부터 먹기 시

작합니다. 가장 먼저 생태계의 정점인 사자가 먹고, 하늘에
는 독수리가, 주위에는 하이에나들이 기다리고 있죠. 차례
대로 돌고 나면 마지막은 파리나 구더기, 미생물의 차지가
되고 사냥감은 순식간에 백골이 됩니다. 과거에는 우리의
선조인 호모 에렉투스도 그 라인에 있었을 텐데 송곳니도,
완력도 없고 껍질을 찢어발길 수 있는 발톱 또한 없었으니,
아마 쇠똥구리 바로 앞 정도의 순서가 아니었을까요. 이토
록 약한 호모 사피엔스가 빙하기를 극복하고 잘도 살아남
았구나 하는 생각이 듭니다.

후쿠오카　만약 포스트 코로나 시대의 생명철학이 있
다면, 이기적 유전자론이라는 20세기의 패러다임이 이타
적 공생이라는, 피시스 본연의 자세를 재인식하는 방향으
로 바뀌어가지 않을까 생각합니다.

　잉여물을 다른 이에게 건넨다는 이타적 행위야말로 태
초 생태계 본연의 모습이었을 거예요. 인간이 이기적이 된
배경에는 앞서 사카모토 씨가 말씀하신 대로 인간이 식량
이라는 재산을 보존할 수 있는 기술을 익히면서 잉여분까
지 모두 자신이 소유하게 된 것이 큰 이유로 자리 잡고 있

을 겁니다. 화폐 역시 비슷한 발상을 바탕으로 발달해왔다
고 볼 수 있는데 이것이 극한까지 치달은 결과가 바로 현대
사회라는 거죠.

사카모토 구로사와 아키라의 〈데르수 우잘라〉(1975)
는 제가 아주 좋아하는 영화인데요. 거기에 시베리아 소수
민족 남성이 길을 가다가 나뭇가지에 자신의 식량을 두고
가는 장면이 나와요. 그에게 안내를 받던 모스크바에서 온
조사원들이 "뭐 하시는 거예요?"라고 묻자 "동물들을 위해
사냥감을 나눠주고 있는 거야"라고 지극히 당연하다는 듯
답하는데, 조사원들은 그의 행동을 도통 이해하지 못하죠.
소수민족 남자도 도시에서 온 조사원들의 '모든 걸 내 것으
로 소유한다'라는 발상을 이해하지 못하고요. 서로가 서로
를 이해하지 못하는 모습이 재미있는데 그야말로 로고스와
피시스를 나타내는 느낌이라 그 장면을 무척 좋아합니다.

산 정상에서 보이는 풍경

후쿠오카　자기비판을 겸해 말하자면 우리는 '로고스와 피시스'를 논하면서도 로고스에 의존해 생활하고 있습니다. 애초에 저를 포함해 문자로 세상을 기술하고자 하는 학자들은 로고스 신자나 다름없다고 할 수 있으니까요.

사카모토　연약한 호모 사피엔스가 살아남을 수 있던 것에는 도구, 불, 그리고 언어라는 로고스의 존재가 크게 작용했을 겁니다. 로고스의 발달은 어떤 면에서는 필연이었을 거예요.

후쿠오카　로고스 신자인 제가 피시스의 중요함을 설파하는 것이 모순적으로 보일지도 모릅니다. 하지만 지금껏 사카모토 씨와의 대화에서도 말했듯, 어느 한쪽만을 취

하는 것이 아니라 로고스와 피시스 사이를 오가며 살아가
는 것이 인간이 아닐까 합니다.

　　사카모토　　로고스와 피시스 혹은 인간과 자연의 대립
을 해결하는 것은 좀처럼 쉽지 않습니다. 한 가지 말할 수
있는 건, 로고스화된 것을 한번 실제라고 믿어버리면 무엇
이든 그를 전제로 생각하게 되어 실제 자연인 피시스로부
터 점점 분리되고 만다는 사실이죠.

　　젊은 시절의 저는 무기적無機的인 음악을 무척 좋아해
서 무기적이지 않은 음악을 만들기가 너무 어려웠습니다.
멜로디라는 건 어디까지나 12음계의 순열 조합이며, 작곡
하는 행위란 그 조합을 어떻게 만들어갈지 모색하는 것이
라 여겼죠. 일찍이 컴퓨터를 도입해 감성을 수치화하는 등
디지털적인 음악 제작 방식을 택했고 새로운 테크놀로지에
도 꾸준히 관심을 기울였습니다.

　　하지만 YMOYellow Magic Orchestra 활동을 하면서 점점
사고방식이 변해 '음을 조종하지 않는 음악도 존재하지 않
을까'라는 생각이 들었죠. 그리하여 지금은 피시스로서의
뇌를 가지고 비선형적이며 시간 축이 없는, 순서가 관리되

지 않는 음악을 만들 순 없을지 끊임없이 고민하고 있어요. 후쿠오카 씨가 말씀하신 피시스를 습득해 발전시키고 싶다는 강렬한 생각을 가지고 있습니다.

후쿠오카   사카모토 씨가 발표한 〈async〉라는 타이틀의 'a'는 부정의 접두사로 'sync', 그러니까 'synchronization=동기, 조화, 혹은 재현성'이라는, 이 세계를 아우를 수 있는 질서를 부정하는 것이었습니다. 우리는 질서 안에 아름다움이 있다고 느끼며 그 질서가 더 정확하고 완벽할수록 그 아름다움 역시 한없이 완전한 것에 가까워진다고 믿습니다.

하지만 사카모토 씨는 그런 'sync'를 부정하고자 하죠. 세계를 열광시킨 YMO의 쿨하고 어긋남 없는 테크노 음악, 사카모토 씨를 세계적 음악가의 자리에 올려놓은 단정하고 아름다운 영화음악의 멜로디는 그야말로 'sync'라 할 수 있는데, 어쩌면 사카모토 씨가 자기부정의 의미를 담아 'sync'에 'a'를 붙이신 것은 아닐까 생각했습니다.

사카모토   예전에도 말했지만 산에 올라보지 않으면 그 너머의 다른 산을 볼 수 없기 때문에 우선은 당장 보이는 산에서 갈 길을 찾아 오를 수밖에 없습니다. 일본에서 약 40년 동안 무작정 이 산 저 산을 오르다 보니 이제야 비로소 오를 수 있는 산을 발견했고, 그곳에 올라볼 마음을 먹을 수 있게 된 거죠.

지금까지의 행보를 답습하여 순간적인 충동으로 무분별하게 산에 오르는 것은 조금 아까운 일이니, 지금 오른 산에서 보이는 그다음 풍경을 소중히 여기려 합니다. 몇 개의 산이 보이기는 하지만 더 이상 '어디로 가야 할지'를 틀리고 싶지는 않아요. 산에 오르는 건 힘든 일이니까요.

후쿠오카　맞습니다.

사카모토　시간도 걸리고 노력도 많이 들기 때문에 어느 산에 올라야 할지, 제 안에서 차분하게 관찰해볼 생각입니다. 참고로 후쿠오카 씨가 지금 보고 있는 산은 어떤 것인가요?

후쿠오카　동적평형을 정교한 이론으로 만드는 것인데, 이 역시 로고스로 설명하는 시점에서 필연적으로 놓치는 부분이 생길 겁니다.

그러니 피시스의 풍요로움으로 귀의하면서 이를 다시 논하기 위한 새로운 언어를 발견해나가는, 정처 없는 왕복과 순환의 운동을 계속해야겠죠. 기존의 것들을 조금이라도 앞질러 파괴하면서 새로운 언어로 재창조하는 것이 피시스에 다가가는 이상적 자세가 아닐까 합니다.

사카모토 사고思考 그 자체도, 그런 등산법으로 등반한다는 거군요.

후쿠오카 사카모토 씨와 저는 분야는 다르지만 같은 뜻을 품고 있다고 생각합니다. 사카모토 씨가 'sync'의 산을 화려하게 등반하여 그 정상에서 본 산 너머의 풍경과 제가 오랫동안 세포를 짓뭉개면서 느껴온 위화감은 어딘가 겹치는 면이 있다는 걸 이번 대담을 통해 다시 한번 느낄 수 있었습니다. 저 또한 미력하나마 등반을 이어가고 싶다는 생각이 드네요.

피시스의 실태는 로고스의 극한에 도달하지 않으면 잘 보이지 않습니다. YMO로서 디지털 신화를 탄생시킨 사카모토 씨가 피시스로 돌아온 것이 일종의 원환이자, 인생 항로의 상징으로 느껴지기도 하고요. 앞으로도 사카모토 씨가 만들어가는 피시스적인 음악을 기대하고 있겠습니다.

사카모토　그렇게 말씀해주시니 큰 힘이 되네요. 정말 감사합니다.

류이치 사카모토　　　　음악가. 1952년 도쿄에서 태어났다. 1978년 솔로 앨범 〈Thousand Knives〉로 데뷔했으며 같은 해 Yellow Magic Orchestra(YMO)를 결성했다. 영화 〈전장의 크리스마스〉로 영국 아카데미 음악상을 받고 〈마지막 황제〉로 아카데미 작곡상, 그래미상 등을 수상했다. 삼림 보전 단체 'more trees'를 창설하고 'stop rokkasho' 'NO NUKES' 등의 활동을 통해 탈원전 지지를 표명했으며 '도호쿠 유스 오케스트라'를 창단하는 등 도호쿠 지방 태평양 해역 지진 이재민 지원에 힘썼다. 2014년, 중인두암 투병 사실을 알린 후에도 야마다 요지 감독의 〈어머니와 살면〉, 알레한드로 G. 이냐리투 감독의 〈레버넌트: 죽음에서 돌아온 자〉의 음악을 제작하며 활동을 이어갔고 2017년에는 8년 만의 솔로 앨범 〈async〉를 발표했다. 2021년, 직장암을 앓게 되었음을 재차 공표한 후 2023년 1월에 투병 생활 중 일기를 쓰듯 스케치한 곡들을 수록한 앨범 〈12〉를 발매하고 2023년 3월 28일, 세상을 떠났다. 2023년 6월 유고 에세이 《나는 앞으로 몇 번의 보름달을 볼 수 있을까》가 한국, 일본, 중국, 대만에서 동시 출간되었다.

후쿠오카 신이치　　　　생물학자, 작가. 1959년 도쿄 출생으로 교토대학교를 나와 동대학원에서 박사과정을 수료했다. 하버드대학교 연구원, 교토대학교 조교수 등을 거쳐 아오야마가쿠인대학교 교수, 미국 록펠러대학교 객원교수로 후학을 양성하고 있으며 산토리 학예상을 수상한 베스트셀러 작가이기도 하다.
《생물과 무생물 사이》《동적평형》시리즈 등 동적평형론을 바탕으로 '생명이란 무엇인가'를 탐구하는 저서들을 다수 발표했다. 이 밖에도 철학자 니시다 기타로의 생명론에 관해 고찰한 《후쿠오카 신이치, 니시다 철학을 읽다》, 팬데믹 이후의 생명관에 대해 논한 《포스트 코로나의 생명철학》(이상 공저), 다윈의 《종의 기원》을 아이들이 이해할 수 있도록 풀이한 그림책 《다윈의 '종의 기원' 첫 번째 진화론》(번역) 《생명해류》《페르메이르 빛의 왕국》, 소설 《新 두리틀 선생이야기: 두리틀 선생이 갈라파고스를 구한다》 등 자연과학, 철학, 예술을 비롯한 폭넓은 장르의 책을 집필했다.

옮긴이 황국영　　　　서울예술대학에서 광고를 공부하고 와세다대학교 대학원 문학연구과에서 표상미디어론을 전공했다. 문화마케터, 기획자 등의 직업을 거쳐 지금은 말과 글을 짓거나 옮기는 일을 한다.
《퉤퉤퉤》《미식가를 위한 일본어 안내서》《クイズ化するテレビ: TV, 퀴즈가 되다》를 썼고 《나는 앞으로 몇 번의 보름달을 볼 수 있을까》《바다가 들리는 편의점》《모쪼록 잘 부탁드립니다》《데쓰오와 요시에》 등을 옮겼다.

이 책의 〈PART 1〉과 〈PART 2〉는 NHK 교육텔레비전에서 방영된 대담 〈스위치 인터뷰 달인들SWITCHインタビュー達人達〉(2017년 6월 3일 방송분)을 미방송분도 포함하여 대폭 수정한 내용입니다.

〈Extra Edition〉은 사카모토 류이치 Art Box Project 2020 〈2020S〉의 책자 〈후쿠오카 신이치·사카모토 류이치 왕복서간〉을 바탕으로 가필·수정한 것입니다.

사진 제공
NHK 〈스위치 인터뷰 달인들〉 2017년 6월 3일 방송분 23, 24, 26, 29, 31, 32, 35, 39, 40, 43, 45, 48, 57, 63, 71, 75, 87, 95, 99, 104, 106, 109, 118, 121, 137, 141, 146, 152, 161, 162, 166, 174, 181, 182, 186, 193, 204
후쿠오카 신이치 112, 132

음악과 생명

1판 1쇄 발행 2025년 3월 28일
1판 2쇄 발행 2025년 5월 2일

지은이 · 류이치 사카모토 후쿠오카 신이치
옮긴이 · 황국영
펴낸이 · 주연선

(주)은행나무
04035 서울특별시 마포구 양화로11길 54
전화 · 02)3143-0651~3 | 팩스 · 02)3143-0654
신고번호 · 제 1997—000168호(1997. 12. 12)
www.ehbook.co.kr
ehbook@ehbook.co.kr

ISBN 979-11-6737-531-5 (03830)